LEBENSLIEDER

Für Eric Fish, der mir das Tor zur lyrischen Welt öffnete.

Alltag und Ausblick

Im hektischen Strudel aller Tage
stelle ich mir manchmal eine Frage
nach dem Zweck der endlosen Rennerei
ich wünschte, sie wäre mir einerlei

Das Leben verfliegt in Windeseile
während ich mich hetze ohne Weile
Könnt' ich nur einfangen den Augenblick
fehlt mir zuweilen dazu das Geschick

Um zu glätten die schroffen Schrunden
braucht es nicht zu vieler Stunden
wichtig ist nur, was ich tue
um zu finden meine innere Ruhe

Wie steht's mit dir, wenn ich dich frage
nach der Balance im Wirbel deiner Tage?
Du bist mir ganz gewiss nicht einerlei
ich lad' dich ein mit mir zur Schleicherei

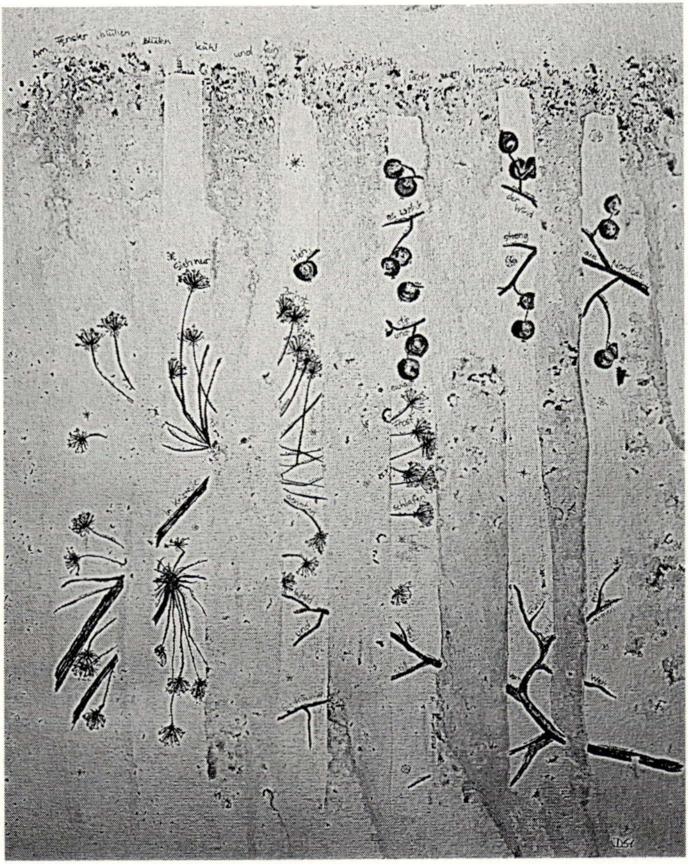

Am Fenster

Am Fenster blühen Blüten
kühl und fein
Vergänglichkeit lädt zum Innehalten ein

Sieh nur, sieh, es weht der Wind streng aus Nordost

Bringt Ruhe dir und ewigen Frost

In Kristalle gewoben schlafen Wald und Feld
Sie träumen still vom Frühling und einer warmen Welt

Am Mittelmeer

Entlang rot beflaggten Tosens
wälzt sich das Meer an Land,
als trage es Kunde von fremder Sehnsucht
an einem anderen Strand,
wo sich die Einzelnen sammeln,
gerade wie hier,
ist es dort einzig nicht
die sonnenbeschirmte Belustigungsgier.
Boote liegen fest verankert
im glühenden Sand,
die Wellen zu wild,
das Wasser flammend entbrannt.
In der Ferne,
weit hinter dem nahen Horizont
sitzen die Glücklosen wartend,
dort keiner sich sonnt,
wie die Reisenden,
die vor mir stehen im feuchten Kies
mit ihrem Blick auf die Wogen,
der die Augen verschließt.
In tausend Farben
sich das Tageslicht schon ins Wasser neigt,
indes sich niemandem das wahre Bild
hinter der Weite zeigt.

Der Himmel am Ende
die Erde doch nie berührt,
stattdessen auch heute
die Nacht wieder viele in die Irre führt,
die doch nur träumen
von einem besseren Morgen,
dafür alles aufgeben,
trotz unbändiger Angst und größter Sorgen.
Dagegen wagen,
was kaum einem bringt den erwarteten Segen,
die Wellen bitter erzählen,
dass sie bezahlen mit ihrem wertvollen Leben.
Die See in ihrer Anmut
gibt dem Müßiggang der Glücklichen festen Raum,
jedoch ist es wohl eher
der Urlaub ganz nahe am Alptraum …

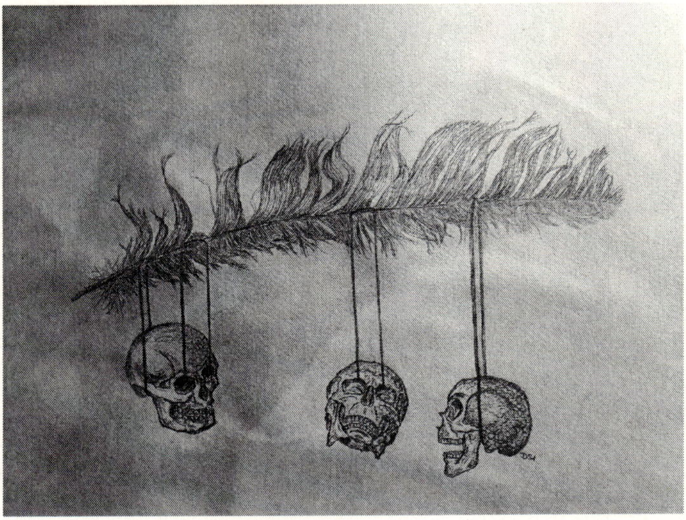

Antwort

Ein stilles Feld hast du durchschritten,
schreibst vom Dazwischen, Ende und Beginn,
auch von denen, die da liegen,
umfasst dabei des Daseins' Sinn.

Du meinst, es ruht, was ruhen muss,
erwähnst Unendlichkeit und Zeit.
Hoffst auf ein Erinnern deines Lebens,
ist es einst für dich soweit.

Nicht immer gibt es solch ein Feld,
noch flüstern Marmor, Stein und Ton,
Beraubt jeglichen Dazwischens,
sag, kennst du das Ende ohne Anfang schon?

Wie schön es wäre, würd' es dann
solch einen Ort für diese geben,
die vor dem Anfang ihrer Zeit
gegangen, ohne je selbst zu leben.

Dankbar drum sei gleich zweier Gaben,
die deine Tage machen reich.
Dass du genießen kannst die Jahre,
sind sie auch nicht immer leicht.

Und einst in fernen Stunden dann,
ein Gedanke dich lebendig hält,
im Herzen derer, die dich lieben,
hast du auch längst verlassen diese Welt.

Auf Wanderschaft

Die vielen Wege, die ich nie zu Ende ging,
weil zurück ich lief, noch bevor die Reise anfing,
sind auf ewig verzeichnet in meines Lebens Karte.
Nie werd' ich erfahren, was am Ziel meiner harrte.

Gar häufig war es ein Abzweig nur,
den ich mir erkor auf der sich windenden Flur.
Der Pfad zur Seite rasch zeigte sein wahres Ich,
so endlich und beschränkt – eilig ich beiseite wich.

Ein andres Mal stand hilflos ich bereit
an einer Gabelung, die die Straße entzweit.
Konnte doch nicht sehen, wohin die Spuren gehen,
ließ unschlüssig mich vom Winde fortwehen.

Die Kreuzwege sind die wahren Fallen.
Ungewisse Lieder sie von der Zukunft lallen.
Sie locken und rufen mit üppigen Versprechen,
wählst du falsch, wird es sich zu spät erst rächen.

Zuweilen treibt mich Neugier mit großem Mut,
die hellglänzenden Fährten sind selten gut.
Betrete dann mit achtsamem Schritt den Steg,
der wackelig scheint und mich kaum trägt.

Kämpfe entschlossen mich durchs Dickicht voran,
trotze dem Dunkel, verzage auch dann und wann,
stapfe durch Furchen, erhellt vom eigenen Licht,
die Hoffnung mich begleitet mit Zuspruch im Gesicht.

Am Ende entspringt dem Steg überraschend die Allee,
inmitten von Stärke und Triumph ich auf ihr steh'
und freue mich, dass ich aufbrachte den Schneid,
ins Ungewisse zu reisen, war es auch steinig und weit.

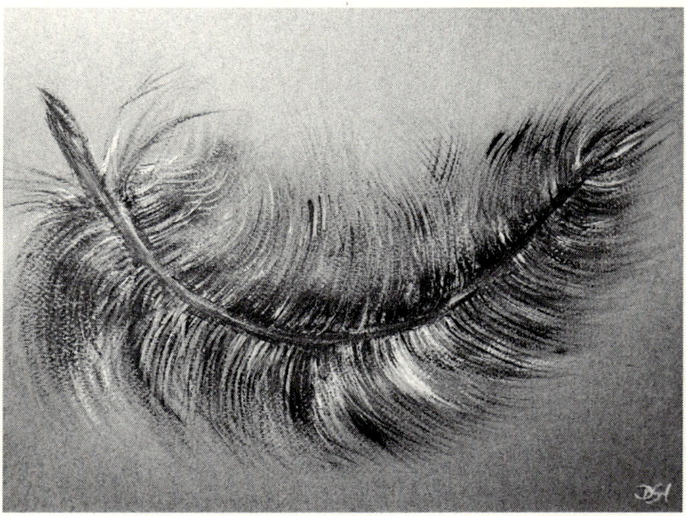

Aufwind

Seit endlos langen Jahren schon setze ich tagein, tagaus
meine Schritte durch die Zeit.
Ich lache, ich liebe, ich leide auch,
arbeite viel und würde gern
mehr entscheiden aus dem Bauch.
Stattdessen verlasse ich jeden Morgen aufs Neue das Haus.

Verlier' mich zuweilen, eile hinter mir her,
ergreife 'nen Strohhalm,
den ich nutze als Lanze,
überblick' ich im Wirbel
nicht mehr so richtig das Ganze.
Ich weiß, ich sollte mich deutlicher setzen zur Wehr!

Es weht eine Feder am Wegesrand,
die nehme ich auf.
Wie ich sie vorsichtig halte, dabei drehe und bestaune,
wachsen Flügel der Seele,
der Krach wird Geraune
und ich erinnere mich meiner im täglichen Lauf.

Ein kurzer Moment hier,
in dem ich schwebe vor Glück,
erlaubt mir zu spüren, bei dir sieht es ganz ähnlich aus.
Deine Welt wiegt recht schwer,
oh, welch' ein Graus!
Ich kann heute fliegen, lass' sie mich dir tragen ein Stück.

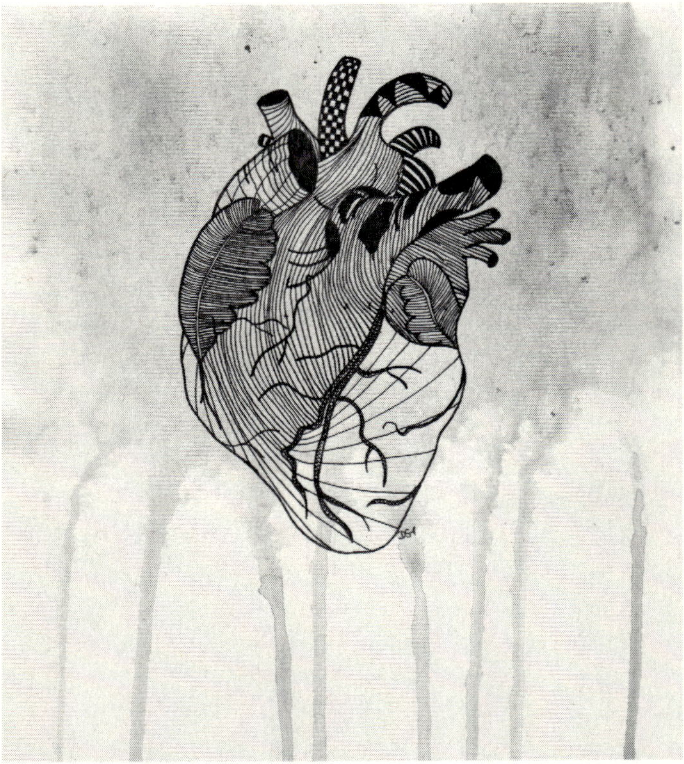

Begegnungen

Gar viele trifft man Zeit seines Lebens
so mancher eilt vorbei ohne Rast
nichts hallt nach in der täglichen Hast
jegliche Mühe wäre vergebens

Andere verweilen ein wenig am Rande
grüßen dich kurz, schütteln die Hand
schwinden bald wieder wie treibender Sand
sie alle zu halten, ist niemand im Stande

Die aber, die mit dir gehen ein Stück
lassen erahnen, was vielleicht auf dich wartet
wenn du es zulässt, wie auch immer geartet
künden sie leis von menschlichem Glück

Wenige nur halten länger mit Schritt
begleiten dich, reichen gern dir den Arm
du hoffst nicht zu stolpern, es wird wohlig warm
doch Zweifel hier nagt, wirft er dich außer Tritt

Einzelne nehmen sich Zeit, halten inne
sie bieten dir Heimat und öffnen dein Herz
bei dir sie zu wissen, schenkt Liebe samt Schmerz
und Hoffnung, auf ein Leben, dass nicht nutzlos verrinne.

Beginn und Ende

Auf leisen Sohlen, heimlich und versteckt,
hat sich der Herbst ins Land gestohlen.
Noch ist's ein wahrlich rarer Fund,
doch färben erste Blätter sich schon bunt.
Es wehen auch längst die Spinnenweben,
allerorts sie dir kitzelnd ins Antlitz schweben.
In kühlen, klaren Nächten die Sterne fallen
gleich im Schwarm, während frühe Nebel wallen
und Tau sich niederschlägt, der alsbald
Kristallen weichen wird, eisig und kalt.
Ist dann der jüngsten Tagesstunden
frische Morgenluft verschwunden,
wärmt die Sonne nochmals heiß und schwer.
Sie schimpft deine Ahnung damit eine Mär.
Gib acht, der gold'ne Schein will dich nur täuschen.
Es mehren sich die Zeichen, die ihn verscheuchen.
Gleich Perlen reih'n sich die Stare dicht und dichter,
die Felder unter ihnen werden zunehmend lichter.
Noch während die Tage zieh'n heiß ins Land,
liegen die Äpfel im Grase wie wertloser Tand.
Dunkle Minuten verdrängen schleichend das Helle,
ehe du dich versiehst, ist erster Frost bald zur Stelle.
Kälte kriecht langsam aus den Ritzen der Nacht,
die Menschen verstummen, kaum einer mehr lacht.
Am Ende des Laufes fragst du dich erneut,
war es ein Jahr, welches mein Herz hat erfreut?
Die Hoffnung auf Neues ist nun dein Ausblick,
du nimmst dir viel vor, hoffst auf bess'res Geschick.
In Kürze wird wieder ein neuer Kreis geboren,
was hattest du dem alten Dutzend geschworen?

Besichtigung

Trotzen die Wände den Stürmen im Herbst?
Verweigert das Tor zum Garten Einlass
der Not und Verzweiflung?
Schließen die Fenster der Seele bei Regen dicht?
Bietet das Dach Schutz vor des Winters Frösten,
damit das Herz nicht erfriert?
Wo brennt das Feuer?
Ist die Flamme stark und hell, züngelnd und gierig
oder schwindend gar bis eisig blau?
Sprießen die Ranken entlang des Mauerwerks
nicht nur im Frühjahr hoffnungsgrün?
Lässt der Sommer das Licht in den Flur?
Vertreibt die Sonne
die lauernden Schatten in den Kammern?
Schwindet die Hoffnung am Ende des Tages
oder bricht Zuversicht sich einen Weg ins Freie?
Wo wohnt die Liebe?
Muss man sie suchen in des Kellers dunklen Verliesen
oder trifft man sie tanzend auf allen Etagen?
Findet der Blick aus jedem Winkel einen Pfad in die Weite?
Bröckelt die Fassade auch nicht beim leisesten Hauch?
Wo bettet sich des Nachts der Traum?
Steht standhaft die Statik?
Wie sicher ankert das Fundament?
Eröffnet die Luke zwischen den Schindeln
eine Aussicht zum Firmament?
Ist die Tür hoch genug für den aufrechten Gang?
Sind die Wände mit Frohsinn bemalt?
Wie viele Plätze sind wohl am Tisch?
Blühen die Blumen des Geistes üppig und wild?
Tritt ein. Sieh dich um. Wohne in mir.

Besinnung

Manchmal, wenn die Tage grell werden und
abends selbst die Stille schreit,
ist es an der Zeit abzutauchen,
um zu erkennen, was wirklich zählt.
Ganz tief am Grund,
wo alle Geräusche nur noch Erinnerung sind,
lernt man neu zu atmen
und spürt den Wellenwind sanft gleiten,
während hoch oben Stürme auf- und abziehen,
auch ohne das eigene Zutun.
Nach einer Weile erscheint das Toben
nur noch als sachtes Schaukeln.
Legt sich das letzte Kräuseln,
drängt endlich Licht zurück in die Untiefen.
Warm erhellt es jeden Winkel,
zieht dich kraftvoll empor und
lehrt dich das Schwimmen.
Zurück an Land, sprudelt das Ich
und das Rauschen des Lebens hat wieder eine Melodie.

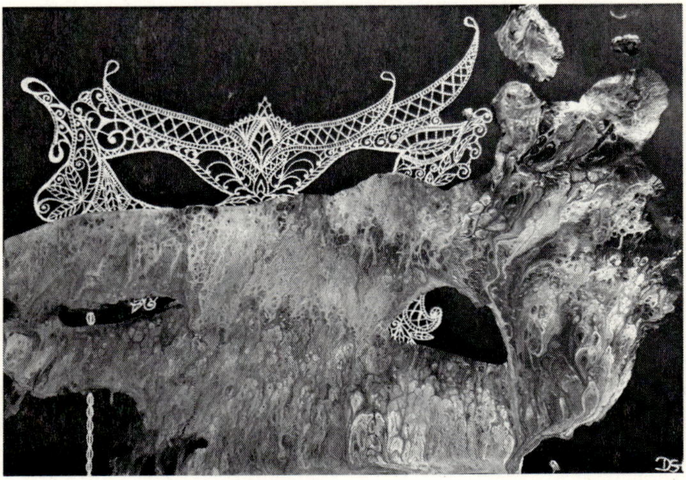

Bühnenbild

Jahrelang, ganz ohne Mut,
spielte ich mich selbst.
Betrog mich stets,
erstickte gründlich jede Glut.

Irgendwann im Spiegelbild
sah ich mir dann zu.
Erkannte nicht, wen ich dort sah,
wehrte mich recht wild.

Das Abbild ähnelt mir nun mehr.
Wir nähern uns noch zögerlich.
Ganz selbst zu sein,
ist wahrhaft schwer!

Dämmerung

In Licht und Schatten
balanciert das Leben
auf diesen dünnen Fäden,
wie sie die Spinnen weben

Und ist zuweilen diese Seite
ins Schmerzhafte verstimmt,
reißt sie dann doch nicht,
da stets ein heller Funke mit ihr schwingt.

Dies kleine Leuchten kann aus Scherben
Hoffnung schaffen,
zu zerschlagen das Dunkel
mit Mut und der Liebe friedvolle Waffen.

Darüber, darunter und dazwischen

Weit oben erstreckt sich
eine Welt über der Welt,
ein schützender Flaum,
dass der Himmel nicht auf die Erde fällt.
Von der Sonne getaucht
in rotschimmerndes Licht
schäumen die Wolken
als des Universums Gischt.
Azurblau liegt
der tiefe Ozean der Sterne.
Ich löse den Blick
und schweife in die Ferne.
Zwischen den Sphären,
schwebend und leicht,
alle Last in Ruhe
süßem Fernweh entweicht.
Bald tauche ich ein
in das wattige Meer,
erinnere mich meiner
und sehne mich sehr.
Der Schritt zurück
in das treibende Allerlei
ist beseelt nun vom Leben
und meine Gedanken so frei.

Das Grauen

Verdammt seien die Stunden,
die mit hässlich knochendürren Krallen
eine zäh gärende Masse rühren
aus Schmerz, Tristesse und Einsamkeit.
Auf giftgrüner Flamme schmorend
wird Verzweiflung im Gemenge wallen.
Schwarz und zischend
ein jäher Strudel reißt seinen Rachen auf weit.

Dämpfe, so ätzend bitter und frostig kalt,
lassen die Sinne schwinden,
die Gedanken, einst kristallklar und licht,
drehen sich im beengten Kreis.
Unmöglich, Ruhe zu finden!
Wie ein Wurm musst du dich in eisigen Sorgen winden,
Angst umschleicht dich in bedrängenden Runden,
gleich Ringen aus Eisen lodernd heiß.

Sekunden verkleben wie stinkender Teer,
während du versinkst im glühenden Meer,
das dich hinabzieht in unendliche Tiefen,
bar jeder Aussicht auf rettenden Halt.
Lass' nicht zu, dass die Hoffnung vergeht,
sonst wirst du fallen ohne Wiederkehr.
Ist der Weg im Nebel auch kaum zu erahnen,
der Dunst wird verfliegen schon bald.

Nimm das Trübsal nicht hin,
besinne dich deiner Kräfte, setz' dich zur Wehr!
Du bist stark, kannst allem Bösen trotzen,
geh' in den Kampf ganz ohne Hast.
Das Leben ist nicht immer geradlinig, vorhersehbar
und schon gar nicht fair.
Ich sehe dein Leid, kann die finst'ren Schatten auch spüren,
trage mit dir die Last.

Reich' mir die Hand. Du bist nicht allein.
Lass' mich lindern deine furchtbare Pein.
Ich will dir trocknen die traurigen Tränen,
komm doch zurück zu mir ins Helle!
Teile mit mir leuchtende Zuversicht,
damit auch du wieder führst ein freudvolles Sein.
Kummer und Elend finden den Zutritt dann nicht mehr
über deiner Seele Schwelle.

Das Wagnis

Ein Leuchtturm im Nebel
ein Fels in der Brandung
eine Festung aus hartem Gestein
was, Liebster, kannst du mir sein?

Ein sicheres Schiff im Meer der Gezeiten
Ein Anker, nicht zu treiben im unendlich Weiten
die Wände, die um mich bilden ein Heim
was, Liebster, willst du mir sein?

Ein Freund, geeignet zum Pferde stehlen
vielleicht der eine, sich mit mir zu vermählen
mit einem dunklen Herzen, nicht immer nur rein
was, Liebster, sollst du mir sein?

Wirst du mir bringen unbändige Lust
oder schickst du mir bloß bitt'ren Verlust?
Das werd' ich nur seh'n, bin ich ganz dein,
was, Liebster, also wirst du mir sein?

Der Aufbau der Seele

Aus der inneren Mitte
knospen Blüten und Blätter,
umhüllend das zerbrechliche Sein

Einen Kelch sie dort bilden,
der möglichst trotzt jedem Wetter,
damit der Kern der Seele
geschützt bleibt und rein

Der erste Sommer

Deine Augen, ein Grün gleich geschwärzten Bernsteins,
und es spiegelte sich in ihnen der Anbeginn der Zeit.
Einen ganzen Sommer lang trank ich aus dieser Quelle,
die aus der Erinnerung noch heute den Fluss füllt.
Im hüfthohen Gras liegend, erkundeten wir blind die Welt
und erschraken über den Sturm einer einzigen Berührung.
Es ging der Sommer, es kam ein nächster im folgenden Jahr,
doch der Himmel war nie wieder so blau und
der bittersüße Schmerz kein einziges Mal mehr so neu.

Der Liedermaler

Ich traf einst einen Maler der Worte
der behutsam zeichnend die Welt besang
jeden Abend an einem anderen Orte
in vertonten Gemälden viele Jahre lang

Der Sänger nun komponiert Bilder aus Klang
mit Pinsel und Farbe er spielt seine Lieder
auf Leinwand er bannt, worüber er sang
welch' Fest für die Sinne, wieder und wieder

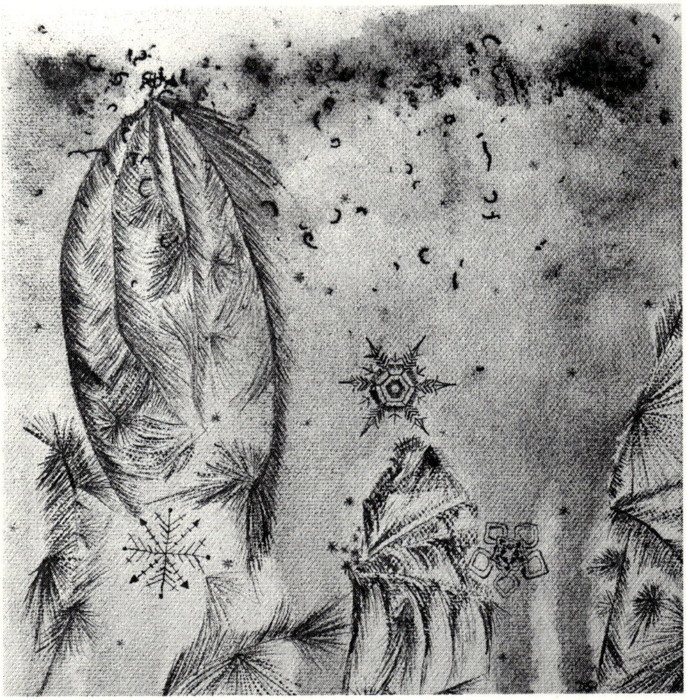

Der Ort

Das Leben
aufs Kürzeste gerafft
in einer langen Nacht,
damit der Andere
eine Ahnung erlangt,
wie es aussieht
in dem stillen Tosen des Labyrinths,
durch welches unaufhörlich
Erinnerungen und Ideen stürzen.
Auf dass er ein Stück mitgehen kann
auf den verschlungenen Pfaden,
die ein jeder letztlich
immer nur allein beschreitet.
Um für einen einzigen Moment
dem wärmenden Trugschluss zu erliegen,
vielleicht doch nicht allein zu sein
im Wirbel der eigenen Gedanken.
Für die dahineilenden Sekunden
in der Finsternis der späten Stunden
erhellt sich das Dunkel
und erschafft einen neuen Weg im Gewirr,
den zu betreten
man fortan wohl leiden wird.

Ist er doch mit Bildern
links und rechts der Schritte geschmückt,
die man immer wieder
und bis in alle Ewigkeit aufsuchen möchte.
Wie tröstlich,
dass man jederzeit dorthin zurückkehren kann,
um die Galerie zu erweitern
und fortwährend neu zu gestalten.
Ein Platz im Selbst,
den zu besuchen einem Ankerwurf gleicht.
Das sorgsam zurückgelegte Pfand
gegen den Untergang in schweren Zeiten
in einem versteckten Hafen
voller Halt und Behagen.

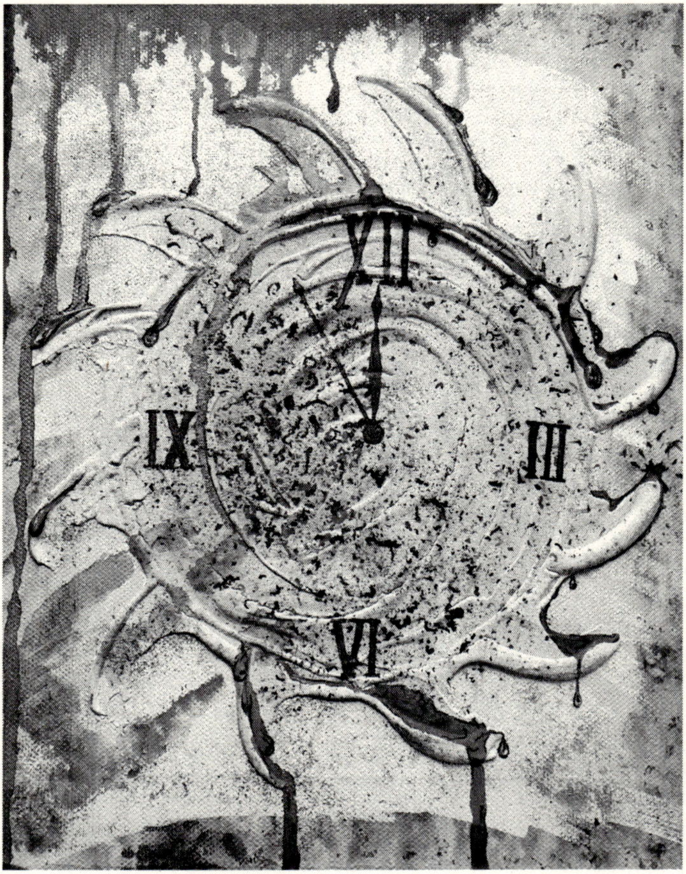

Die Heimsuchung

Beharrlich wieder aufs ewig Neue,
schamlos fast, ganz ohne Reue
bricht der Tag in sich zusammen,
sobald verblassen der Sonne Flammen
hinter jedem Horizont, den du erblickst.
Nie kannst du entfliehen, aber immer du erschrickst.
Dann, wenn das letzte Licht erlischt,
dein Mut rasch in der Dämmerung verwischt.
Gekrochen kommen Horden von Dämonen,
die in den staubigen Ecken deines Geistes wohnen.
Böse sie knurren, die grellen Stunden scheuen,
sich nachts allein an deiner Beklemmung erfreuen.

Was ist es, dass dich das Fürchten lehrt,
dabei das Träumen dir erschwert,
dich in dunkle Nebel hüllt,
dich nach Atem ringen lässt, jämmerlich und peinerfüllt?

Sind es grässliche Worte, die du gesprochen,
lange verhallt vor entsetzlich vielen Wochen,
in rasendem Zorn und gellender Wut, ohne Bedacht,
ist es das, was dir solchen Kummer macht?
Nagt quälend am Herzen ein altes Versprechen,
das ungetilgt sich bald finster wird an dir rächen?
Vielleicht hast du betrogen,
deine Liebsten etwa belogen?
Hast gar gebrochen den einen Eid,
der dich nun zittern lässt in eisblauer Einsamkeit?
Oder hast du verkauft deine eigene Seele,
so du nun schreist immerfort aus stummer Kehle?

Dein Gewissen dich das Grauen lehrt,
dabei das Träumen dir bedrohlich erschwert,
dich mit pechschwarzen Schatten umhüllt,
frostige Angst dir bringt, die Mark und Bein erfüllt.

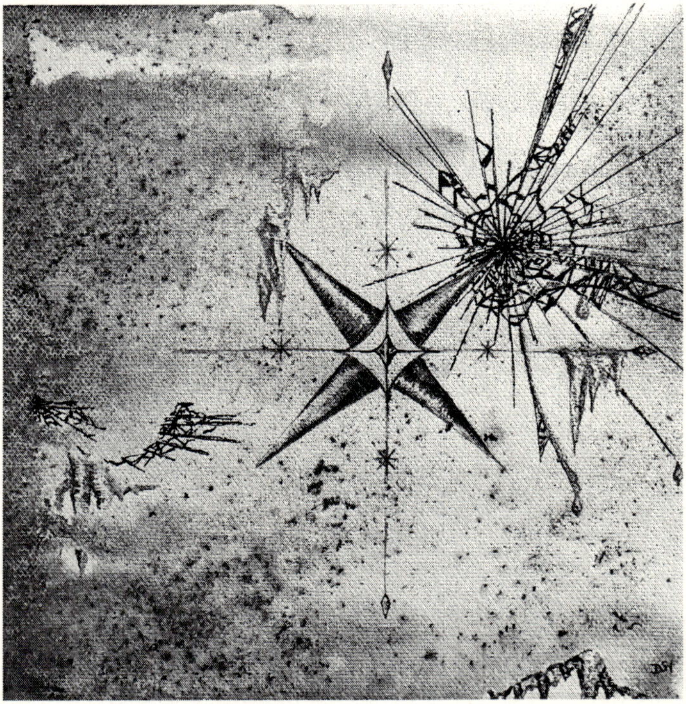

Die Kluft

Von Zeit zu Zeit ist der Weg schier
unüberbrückbar, steinig und weit.
Obgleich wir schreiten Seite an Seite
klafft zwischen uns ein Spalt, hässlich und breit.

Gleich schwarzen Teers verklebt die Zeit.
Worte in derlei Stunden die Lippen verlassen,
die dunkel sind, schwarzflammend und wild,
für die sich später ein jeder wird heimlich hassen.

Erinnere dich an das eine Versprechen,
wenn auch die Liebe zu sehen bisweilen fällt schwer.
Nimm meine Hand, spring über die Schlucht,
im Herzen herrscht Sturm, doch ist es nicht leer.

Dürre

Verdurstend flimmern
die Felder in der Hitze,
Kiesel flammen auf
wie züngelnde Blitze.
Zu lange schon
quält der Sommer mit Sonne,
dem Wald stockt der Atem
bar jeglicher Wonne.
Staub sucht in Wolken
am Horizont zu entschwinden,
kein Regen,
um die Elemente
in Harmonie zu verbinden.
Der Bäume welkes Laub
raschelt wie Seidenpapier,
spendet kaum noch Schatten
für Mensch oder Tier.
Das Land verharrt still,
es fehlt der Vögel Gesang
nur noch die Krähen kreischen
mit hartherzigem Klang
Sie erdulden das Feuer,
sie harren der Glut,
ein schreckliches Fest in Kürze
verschafft ihnen Mut.

Ein Lied für dich

Im Süden triffst du mich
als dein leuchtendes Licht.
Im Norden singe ich dir
in der Kälte ein liebend' Gedicht.
Mein ist der Wind, der abends dein Bett
wie eine Wiege schwingt
und auch der sanfte Hauch,
der weckend dir den Morgen bringt.
Ich falle als Schnee,
der sich wattewirbelnd auf dich legt
und bin der Nebel,
der einhüllend dich inniglich umschwebt.
Ich schenk' dir die Sonne,
die dich kitzelt, wärmt und neckt.
In der Nacht gebe ich acht,
dass nichts dich erschreckt.
Ich rinne als Tau dir
zärtlich die Wangen hinunter
und bin dir ein Regenbogen,
nur noch viel bunter.
Im Sommer lasse ich
perlenden Regen mit dir lachen
und zerzause im Herbst dir
das Haar und all deine Sachen.

Bin ich der Reif, zaubere ich
Kristalle dir auf die Wimpern
und werde dir später im Jahr
Eiszapfenmelodien klimpern.
Sachte umflute ich dich
mit maigrüner Frühlingsluft
und schenke im Winter dir
vom Frost den klaren Duft.
Wo du auch gehst und stehst,
eines weiß ich allein,
weil ich dich liebe,
werden meine Gedanken stets bei dir sein.

Mit jedem Federschlag schwingt sich das Leben
himmelwärts empor - welch' ein Segen
Flatternd oft, manchmal ein Beben
ist das Dasein ein endlos langes Streben
Du allein hast das Geschick zu weben
alle Fäden in der Hand zur Vollkommenheit zu legen
Immer jedoch hilf, Zuversicht auch anderen zu geben

Federschlag

Mit jedem Federschlag schwingt sich das Leben
himmelwärts empor –
welch' ein Segen

Flatternd oft,
manchmal ein Beben
ist das Dasein ein endlos langes Streben

Du allein hast das Geschick zu weben
alle Fäden in der Hand zur Vollkommenheit zu legen

Immer jedoch hilf,
Zuversicht auch anderen zu geben

Frühling

Das Land so kurvig
wie die weichen Bögen einer schönen Frau
verschwendet sich in Farben
satt glänzend wie ein Pfau
Den Winter vergessend
in seinem verhaltenen Grau in Grau
schwelgt unersättlich das Frühjahr
in Rot, Gelb und Blau

Am Morgen laut jubelnd
die Vögel die Stille durchsingen
und laue Winde spielend
in Apfelbaumknospen schwingen
Der Menschen Hoffnung hebt an,
voller Eifer neu zu erklingen
Lebensfreude jubelt spendabel
in allen Taten und Dingen

Summend flattern
zuckerfarbene Blütenblätter zu Boden
das üppige Grün bald ist
von Honigduft durchwoben
Als die Ahnung vom Eise
sich ins Gestern zurückgezogen
kamen die Schwalben am Himmelsband
in den Stall eingeflogen

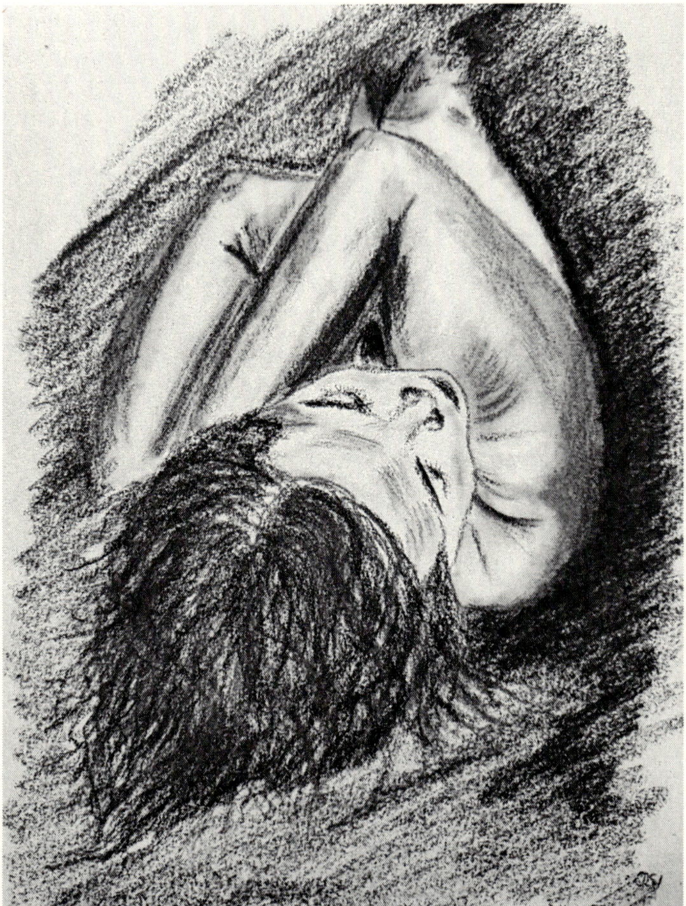

Für dich

In den frühen Stunden,
wenn der Tag erst selbst erwacht,
hat sich mein Traum
ganz leis' davongestohlen.
Durch eines Vogels' Jubelruf
entschlich mein Teil der Nacht,
lässt sich auch nicht
in federwarme Welten zurückholen.

Doch ein Geschenk nun meiner wartet,
schau ich dich an
und folge deinem Schlaf,
der hebt und senkt die Brust.
Mit jedem Atemzug
wird mir bewusst ein Irgendwann,
wenn einer von uns dann
ohne den anderen atmen muss.

Ich strecke meine Fingerspitzen,
dich zu berühren, doch halte inne,
will nicht behindern deinen Weg
entlang der Illusion von dir gewebt.
Dieser sachte Augenblick
zaubert Melancholie mir in die Sinne,
schon lang' wir teilen diese Kissen,
die Liebe seither mit uns schwebt.

Dein steter Luftzug gibt für den Moment
mir eine tröstend' Garantie,
als Trugbild nur zu täuschen mich,
weil nichts von Ewigkeit gezeichnet ist.
Auch wenn ich von Vergänglichkeit längst weiß,
ahnt man das Ende nie,
drum bitte, hole ganz tief Luft,
damit ich seh', du bist, du bist, du bist.

Für immer Juli

Sonnenkringel tanzen in flimmrigen Netzen
auf dem Grunde des Sees,
ausgeworfen,
um den bunten Schwarm aus
Kinderlachen, Jubelrufen, Mutgeschrei
und Frohsinn einzufangen.

Möwen kreischen übermütig.
Kurze Klänge von Musik säuseln
in luftigen Fetzchen vorüber.
Die Wärme kitzelt wohltuend die Sinne
und ein lauer Hauch streichelt
für Bruchteile eines Augenblicks Gänsehaut herbei.

Das Wasser,
ein sich stetig kräuselnder Spiegel,
liegt blendend hell
und gleichsam träge in der Hitze,
wie auch die Menschen,
die auf ihren farbenreichen Decken träumen.

Einzelne Schiffchen treiben müßig in der Flaute,
als setzten sie Kommata
in der endlos scheinenden Aneinanderreihung
von Wasser und Himmel,
Wasser, Himmel,
Wasser, Himmel …

Gelübde

Durch den Wald, bis hinter den Hain
Beschwerlich der Weg, düster und fahl
Er gab ein lächelnd' Versprechen
Und gelobte, es niemals zu brechen
Die Bäume sind längst alle kahl
In der dunkelsten Nacht im Rain

Verdammt und verflucht
Wer im Winter die Liebe sucht
Verhext und verbannt
Findet das eiskalte Land

Ohne Mond alle Pfade im Nebel verweh'n
Sein Haar ist mit frostklaren Dolchen besetzt
Lauernde Schatten schon seiner warten
So übersieht er das Tor zum Feengarten
Und tritt in den Kreis, der sieben Mal verhext
Oh Liebste, werd' ich dich je wiederseh'n?

Verdammt und verflucht
Wer im Winter die Liebe sucht
Verhext und verbannt
findet frostige Wehmut im Land

Nach ewigen Zeiten in erstarrten Weiten
Fluchend und blutend, in taumelnden Tänzen
Geht er wieder auf dem einsamen Weg
Der Winter hat die Lande mit Schnee übersät
Die Lieb' ist gegangen vor zahlreichen Lenzen
Den Schwur zu brechen, brachte ewiges Leiden

Verdammt und verflucht
Wer im Winter die Liebe sucht
Verhext und verbannt
Erfriert im eisklirrenden Land

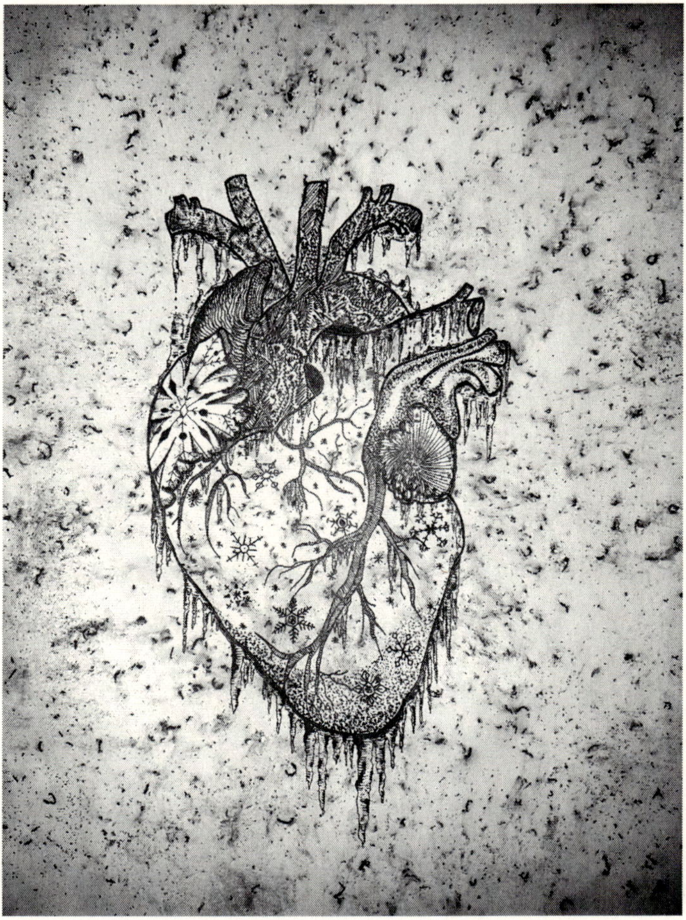

Grübelei

So leicht gesagt, das Maß sei voll.
Ob das wohl stimmt?
Vielleicht das Leben dich nur trimmt?
Was ist dein Soll?

Vergleichbar scheint das Glück mit Wein,
in einem Glas so süß und schwer,
getrunken bald, ist es schnell leer,
vorgaukelnd bloß ein frohes Sein.

Sei dem so, wo ist der Wirt,
der ausschenkt dieses Elixier,
dich tanzend taumeln lässt im Jetzt und Hier,
längst du doch weißt, du bist verirrt.

Was tauscht du ein für seinen Gewinn?
Dem einen ist es vielleicht Zeit,
andere blicken niemals so weit.
Wird's wohl sein, was dir ist Lebenssinn.

Glück ist niemals Macht, noch Geld,
auch kein Märchen, keine Sage,
vielmehr Antwort der uralten Frage,
was deine Welt im Innersten zusammenhält.

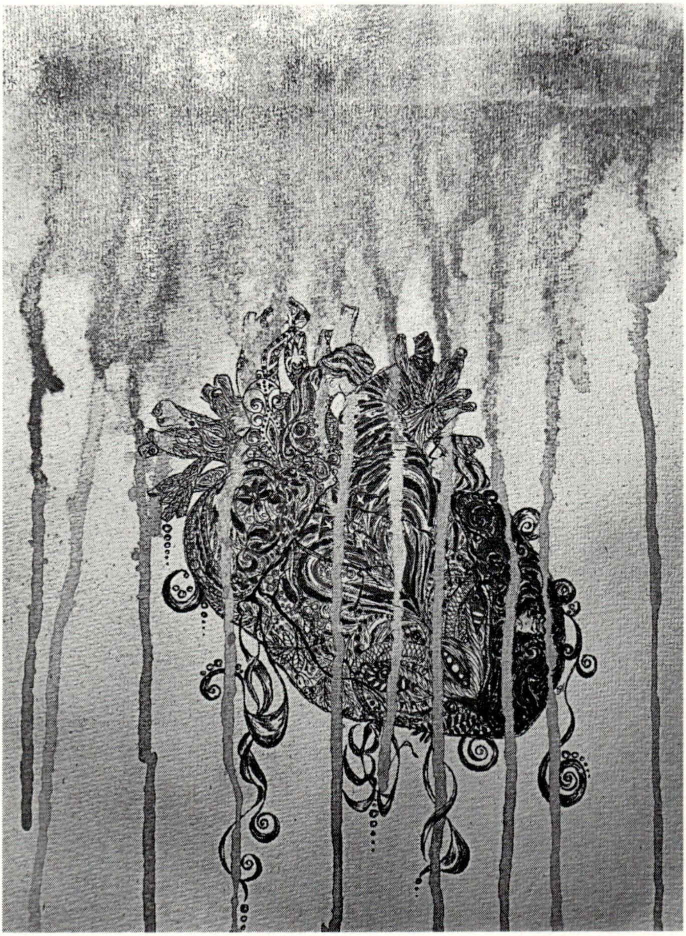

Happy Ending

»When we are happy, we are always good,
but when we are good, we are not always happy.«
– Oscar Wilde, The Picture of Dorian Gray –

Fortunately,
these two states of mind
are not necessarily interdependent,
although they can empower each other incredibly.
What a blessing
that goodness is not solely based on happiness,
but may be created
from the whole spectrum of human emotions.
So, after all,
being good while not being happy
can lead to an ultimate condition of happiness
that will be found
because of and while being good –
loop closed.

Heimtücke

Der Schmerz schlich
durch die Hintertür.
In meine Träume stahl er sich,
raubte sie mir
und nahm
die Schwerelosigkeit mit fort,
versteckte sie
an einem elend fernen Ort,
während er klebt
an meinen Kissen,
die seine Klauen
in tausende Fetzen rissen.
Ruhelos ich mich wälze
in den Scherben der Nacht,
entsetzlich leidend,
dabei endlose Stunden durchwacht.
Es gellen Farben laut schreiend,
ich ducke mich weg,
Zuflucht ist nie zu finden,
Verstecken gar ohne Zweck.
Meine Sinne öffnen
der Verzweiflung Tür und Tor,
es scheint,
als stünden keine Wachen mehr davor.

Der leiseste Duft,
der Flug eines Falters und mehr,
wandeln sich in Verderben
und lasten so schwer.
Dunkelheit bleibt mir
als letzte Bastion,
in den Ohren dröhnt lauthals
die Stille schon.
Ihre Krallen weiden wühlend
den Geist mir aus.
Jede Bewegung birgt Qualen
und weiteren Graus.

DH

Im Schatten

Eisregen zerreißt die Stille
der ruhenden Gedanken,
zwingt sie im gläsernen Gefängnis
in reglose Schranken.
Schatten umhüllen kriechend
den kristallenen Sarg,
in dem jeder Schrei lautlos verhallend
in Bitternis starb.
Die Arme gepresst
eng am Körper anliegen,
bar jeglicher Kraft glaubst du,
nie wieder zu fliegen.
Eiszapfen bohren sich
in deine wimmernde Seele hinein.
Das Herz liegt in Splittern,
zerrissen von Pein.
Dein Winter lässt Tränen frieren
zu Flüssen aus Schnee.
Du verharrst stumm weinend
am Grunde im See.

Im Frost deine Farben
sich wandeln zu Reif,
der finster kaum schimmert,
doch ich es noch weiß,
wie bunt du einst tanztest
im heiteren Sonnenschein.
Ich gäbe wahrhaft alles,
könnte es so wieder sein!
Meine bloßen Hände versuchen
zu tauen dein Eis,
denn ich sehe dich frieren,
allein,
verzweifelt
und leis.

Im Zug

Du schleichst durch den Tag
Wirkst müde, grau und fad
Streifst durch die langen Stunden
Leckst traurig flüsternd deine Wunden

Deine stillen Augen berühren mit Erschauern
Mein verwundert schlagendes Herz
In ihrem Spiegel ragt das Bollwerk deiner Mauern
Eine Festung aus mir unbekannten Schmerz

Dieser Morgen liegt vor dir wie ein Berg
Du fühlst dich hilflos, bist ein Zwerg
Ein jeder Schritt geht ins Zurück
Seh' ich dich an, senkst du rasch den Blick

Deine stumme Schwermut füllt den Raum mit Gram
Nimmt mir die Freude auch aus meinem Herz
Nichts um dich herum scheint beseelt oder warm
Dein Anblick zieht mich hinein in deinen Schmerz

Verzweiflung frisst dir die Seele wund
Hast du vergessen, wie du öffnest deinen Mund?
Blasse Lippen zeichnen einen schmalen Strich
Wer weiß schon, wann dort das letzte Lachen entwich?

Du streichst das Licht aus deinen rastlosen Händen
Dunkelheit umspannt mein Herz
Bannst durch dein Tun ganz unbemerkt
den Blick einer Fremden
Deine Traurigkeit ist greifbar in ihrem tiefen Schmerz

Unsere Begegnung ist von kurzer Dauer bloß
Ein jeder zieht vorüber auf seinem Gedankenfloß
Im Fluss des Lebens niemals mehr fände
Ich dich wieder entlang der Sekunden Nebelwände

Deine sich schleppende Tristesse verweilt für immer
Als düstere Erinnerung in meinem Herz
Eingeschlossen hockst du in deinem fensterlosen Zimmer
In dem du wimmernd umgehst,
gebeugt von namenlosem Schmerz

Ich könnte ewig suchen, wünschen, schau'n
Doch hoffe ich, du findest bald den Raum
In dem die Liebe endlich deiner harre
Dich zu erlösen aus der tristen Starre

In der Fremde

Mit gesenktem Kopf gehen sie entlang der Wand
sie sind Eltern, doch umklammern unsicher die kleine Hand
Endlos windet sich ihr Weg durch den fremden Flur
Schilder, Hinweise, überall Gänge, gefühlte Zwänge nur

Wohin führt der Weg? Was ist das Ziel?
Gibt es ein Zurück? Wann wiegt die Last zu viel?

Das Herz einst voll Hoffnung, gleich einem Schritt ins Helle
erst schlimmste Ängste, nun der Tritt auf der Stelle
Nachts im Dunkeln kehren sie wieder und wieder
die Vergangenheit schnürt die Brust wie ein Mieder

Wohin führt der Weg? Was ist das Ziel?
Gibt es ein Zurück? Wann wiegt die Last zu viel?

Die Kinder sind ihr Glaube an ein friedvolles Morgen
doch gehen sie selbst gebückt vor lauter Sorgen
eine Generation so verloren, allein und der Heimat fern
erscheint vielen, als käme sie von einem anderen Stern

Wohin führt der Weg? Was ist das Ziel?
Gibt es ein Zurück? Wann wiegt die Last zu viel?

Sie fristen ihr Dasein, sind zum Nichtstun verdammt
harren der Dinge im neuen Land, haben Heimweh allesamt
Urteile nicht, wenn sie dir oft seltsam erscheinen
als Fremder in der Fremde würdest du wohl auch weinen

Inferno

Keine Träne bringt Erquickung
der darbend schwindenden Welt.
Schwarz raschelnde Blüten,
ganz ohne Bienengewimmel,
schwanken fruchtlos in Wellen
am grotesk trockenen Tau
des knorrigen Schiffs,
das einst war Schöpfung zu nennen.
In Misstönen raspelt stickiger Staub
übers knirschende Feld.
Es recken sich splitternde Bäume
kraftlos gen Himmel,
als suchten zu trinken sie
aus dem marternd gleißenden Blau,
das Flammen nur sendet,
sie stattdessen niederzubrennen.
Begleitend das grausame Lied der Sirenen
vom Tode in lodernder Einsamkeit,
zittert das kraftlose Netz einer Spinne,
verlassen seit endlos siedender Zeit,
gleich einer Saite im Wind,
die qualvoll ins Unerträgliche verstimmt,
eine letzte Hoffnung auf Leben
grell klagend dir nimmt.

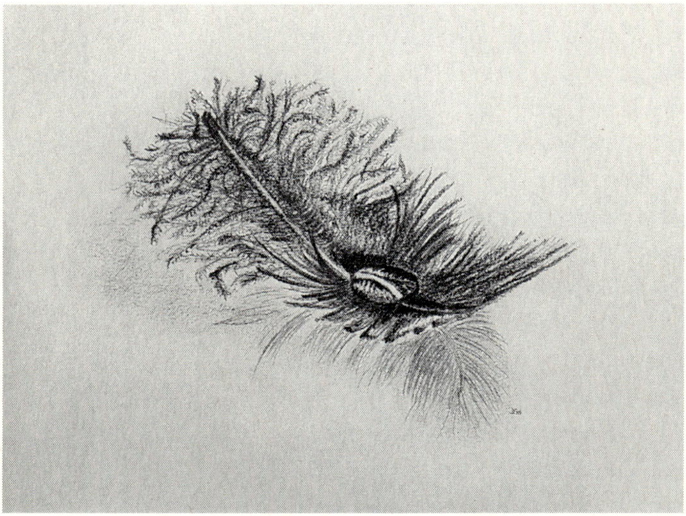

Intermezzo

Komm, geh mit mir ein Stück,
schaust du später in fernen Stunden zurück,
siehst du mich zärtlich in Gedanken an
und erinnerst dich lächelnd an unser Dann und Wann.

Lass' es zu, dass wir gemeinsam schreiten
auf unserem Weg durch des Lebens Weiten.
Bevor wir uns wieder aus dem Blick verlieren,
soll Zweisamkeit manch einen Tag uns verzieren.

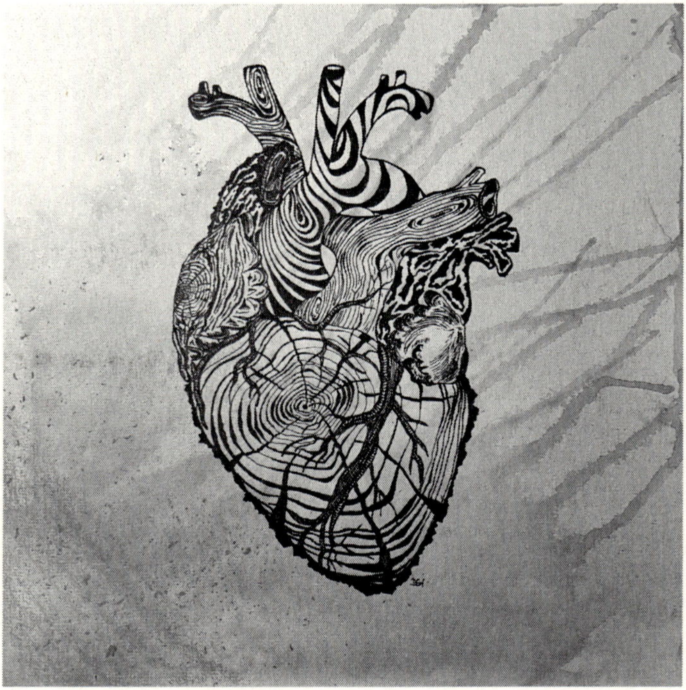

Jahreszeiten

Ganz früh im Jahr noch, an einem leeren Strand,
vergrub ich die Füße im elfenbeinfarbenen Sand
und sah zu, wie eilig die Körnchen wegflossen,
ach, wie hab' ich diese Zeit unbeschwert genossen.

Der Sommer kam und mit ihm der Wind,
die Zehen im Sand bloß noch Erinnerung sind.
Ich lernte zu schwimmen im Meer und an Land,
musste bald schon erklimmen manch' steile Uferwand.

Der Herbst ist nun nahe, erneut dreht der Wind.
Von der Weite des Frühlings erzähl' ich dir, mein Kind.
Du lernst jetzt selbst segeln, umschiffst eng die Klippen,
mit Mut und Verstand, darum will ich dich bitten.

Ganz still wird aus Regen schließlich ewiges Eis,
das knirscht wie der Sand unterm Fuße einst leis'.
In den Taschen der Kindheit eine Muschel ich entdecke,
in der ich flüsternd dich grüße, ehe ich mich verstecke.

Kein Schneewittchen

Spieglein, Spieglein an der Wand,
was tuschelst du hinter vorgehalt'ner Hand?
Was du mir zeigst, ist doch nur ein Witz
oder soll es sein mein wahres Antlitz?

Die, die dich schuf, ist mir wirklich fremd,
nackt steh' ich vor dir, kein schützendes Hemd,
das mich verbirgt vor deinen Blicken
voller Angst seh' ich mich wissend nicken.

Die andere, mit deiner Hilfe ewig gejagt,
ist immer gut, sie niemals verzagt.
Nein, auch diese bin ich nicht,
lachend verdunkelst du mir die Sicht.

Hilflos leg' ich meine Hände aufs Herz.
Mich fast zerreißt ein seltsamer Schmerz,
der obendrein birgt eine süße Wonne:
Ich bin so nachtschwarz und gleichsam die Sonne

Bewusst mir wird, was längst ich doch wusst':
was heute mir Last, ist morgen schon Lust.
Ich werde nie sein wie ein Märchenbild,
bin eben noch sanft und tobe bald wild.

Kinderreim

Eckstein, Eckstein,
alles muss versteckt sein …
im Dunkeln verschwinden wird das eigene Sein,
im Dickicht, im Dschungel,
es gibt kein Nein!
Du wähnst dich noch sicher?
HA! Bist längst nicht mehr allein!

Wer hinter mir steht …
ist niemals zu sehen,
kein Atem ins Genick dir hier weht.
Lautlosen Schrittes so Mancher
bereits heimlich mit dir geht.
Fürchte dich!
Hast du die Spur durchs Universum doch selbst gelegt.

Wer vor mir steht …
ist kaum zu greifen,
so schnell der Wind sich bläht und dreht.
Bleich flattert das linnene Tuch,
an dem täglich wird genäht.
Dein Lachen, dein Weinen
immer und überall Aufmerksamkeit erregt.

Wer an meinen beiden Seiten steht …
ist der,
der unsichtbar lauernd brennende Nesseln aussät,
die baumhoch treiben,
weil niemand sie eindämmt und mäht.
Der meiste Staub aufgewirbelt wird,
je häufiger man fegt.

Eckstein, Eckstein,
alles muss versteckt sein …
seine Häscher bittet ein jeder selbst freundlich herein.
Es ist zu spät,
heute sind alle Abel und gleichzeitig Kain.
Wir liegen einander fesselnd in Ketten
und sind schrecklich allein.

Ich komme!!!

Kleinigkeiten

Wer wünscht sich nicht, einmal zu klopfen
ans Wunderreich hinter des Alltags Wall
dort bricht die Sonne sich in einem Wassertropfen
es schimmert ihr Spektrum wie in Kristall
du wirst es erahnen, man könnte fast sehen
ganz heimlich in eine Welt so feenhaft rein
wie Federn sieht man sie sachte dann wehen
die Zauber der Erde gar seltsam und fein
die sich dem zeigen, der immer noch glaubt
an kindliche Wunder und wiegende Träume
die alle Ängste ihm nehmen, die Sinne fast raubt
der keine Furcht hat, dass er den Tag nur versäume
wenn nichts versperrt mehr die innere Sicht
wo Blätter sanft tanzen und Vögel leis' wispern
in einem Sommerreich aus Schatten und Licht
hör zu, vielleicht vernimmst du das Flüstern
dass murmelnd und tuschelnd, dabei ganz verzückt
erzählt von Liebe, Vertrauen und endlosem Glück.

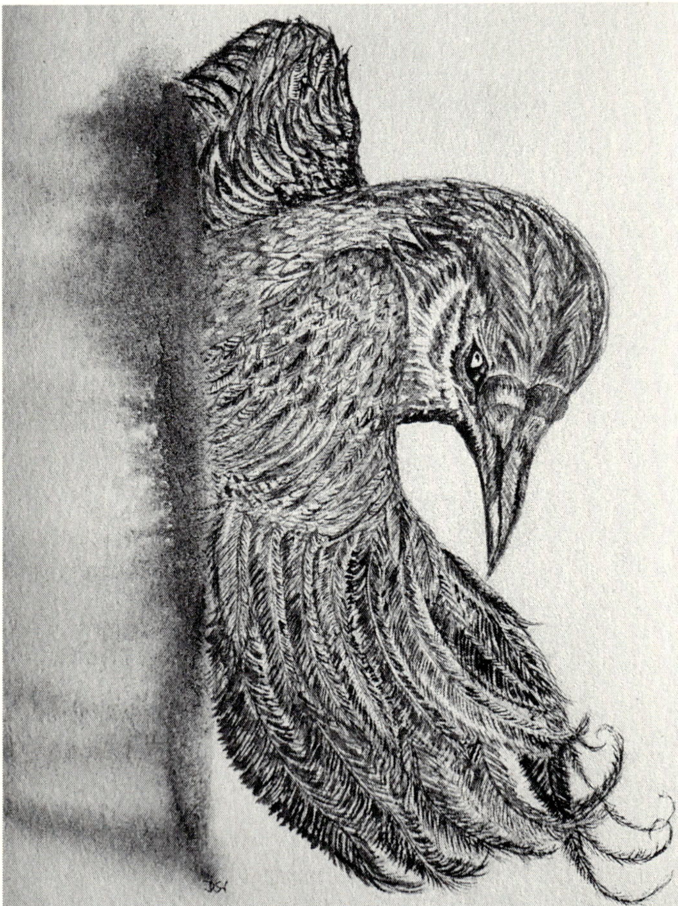

Kopfzerbrechen

Im Schilf singt der Wind
mit feinem Rauschen und Knistern,
ein Klang, der sich einfügt in Stimmen,
die immerzu im Kopfe mir wispern.
Eingeflochten in eine Ahnung
von Freiheit ohne Zwang,
erzählt er mir nagend
vom bloßen Weiterhin als meinen Untergang.

Einmal so frei, wie der Vogel im Flug,
gemächlich treibend, wie der Wolken' Zug,
kein Grund zu grübeln, sich selbst streng zu prüfen.
Wer bitte, soll mir diesen Wunsch schon verübeln?

Könnt' ich die Gedanken
nur einmal zum Schweigen bringen
oder ihnen statt des ewigen Zwists
ein besänftigendes Raunen entringen.
Ich raufe mit mir, stelle ewig mir Fragen,
trage schwer an der Welt,
kann's nicht jedermann Recht tun,
sonst mein Innerstes zerfällt.

Einmal so frei, wie der Vogel im Flug,
gemächlich treibend, wie der Wolken' Zug,
kein Grund zu grübeln, sich selbst streng zu prüfen.
Wer kann mir diesen Wunsch schon verübeln?

Nerven, so dünn wie Fäden,
die Spinnen im Herbst zart weben,
tragen mich nicht hinfort, sondern schnüren mich
an meinen streitlärmenden Hort.
Beharrliche Fesseln mich eng ketten
an Alltag und Pflicht –
stünde der Mut, sie zu lösen,
mir nicht viel besser zu Gesicht?

Einmal so frei, wie der Vogel im Flug,
gemächlich treibend, wie der Wolken' Zug,
kein Grund zu grübeln, sich selbst streng zu prüfen.
Wer will mir diesen Wunsch schon verübeln?

Je mehr ich's bedenke,
die Idee der Gedankenlosigkeit dabei drehe und wende,
stelle ich fest, es gäbe mir wirklich den Rest,
wenn absolute Ruhe im Geiste ich fände.
So mache ich mir lieber selber ein Bild,
auch wenn ich mich balge und zanke,
ist's eher mein Frieden,
wenn ich mir nicht auferlege eine weitere Schranke.

Nun bin ich ganz frei, kann wie ein Vogel frei fliegen,
will grenzenlos denken, lasse mich nicht verbiegen.
Immer wieder streng prüfen, genug Grund zu grübeln.
Das Sinnieren und Brüten wird mir niemand verübeln!

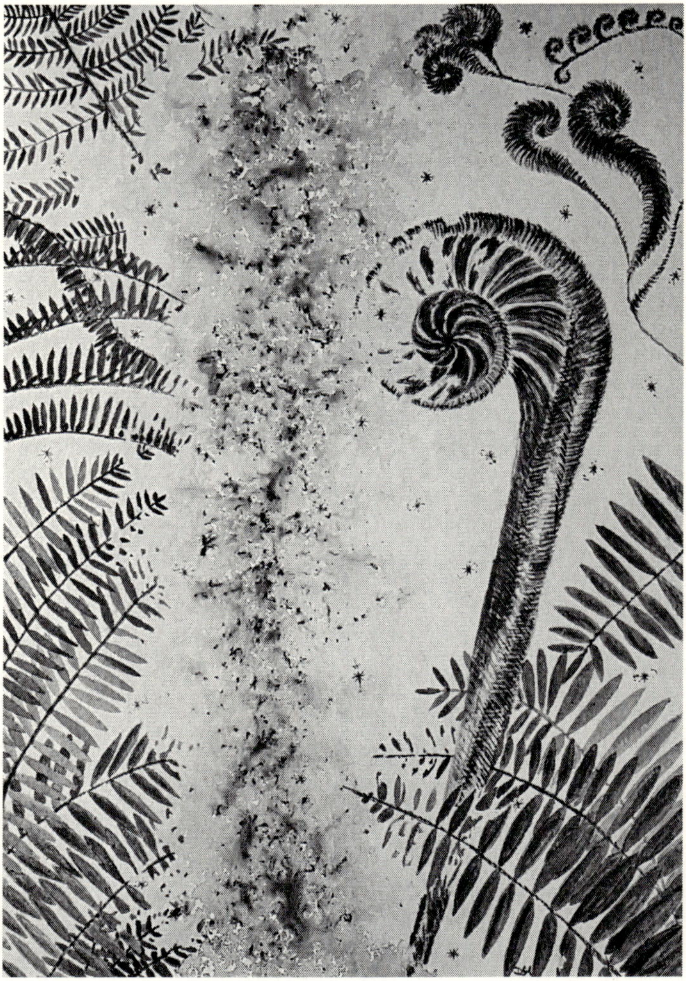

Land aus Glas

In schwereloser Stille schwebt sanft das Land.
Des Nachts alle Farbe von Zauberhand entschwand.
Nun schläft die Welt gebettet in weißes Seidenband.
Komm mit, ich zeig' dir, was ich alles fand.

Schneebenommen wollen wir taumeln und schau'n,
suchen Sternenglanz und bestaunen den lichten Traum.
Ein eisverklärter Kosmos im dahingehauchten Flaum
ist frostverzaubert – Schöneres sahen wir kaum.

Die Wege liegen wispernd in schimmernder Magie.
Gleich Zuckerwerk türmt sich die kalte Sinfonie
von wattezarten Kristallen in schönster Phantasie.
Unsere Augen lauschen versonnen des Winters Melodie.

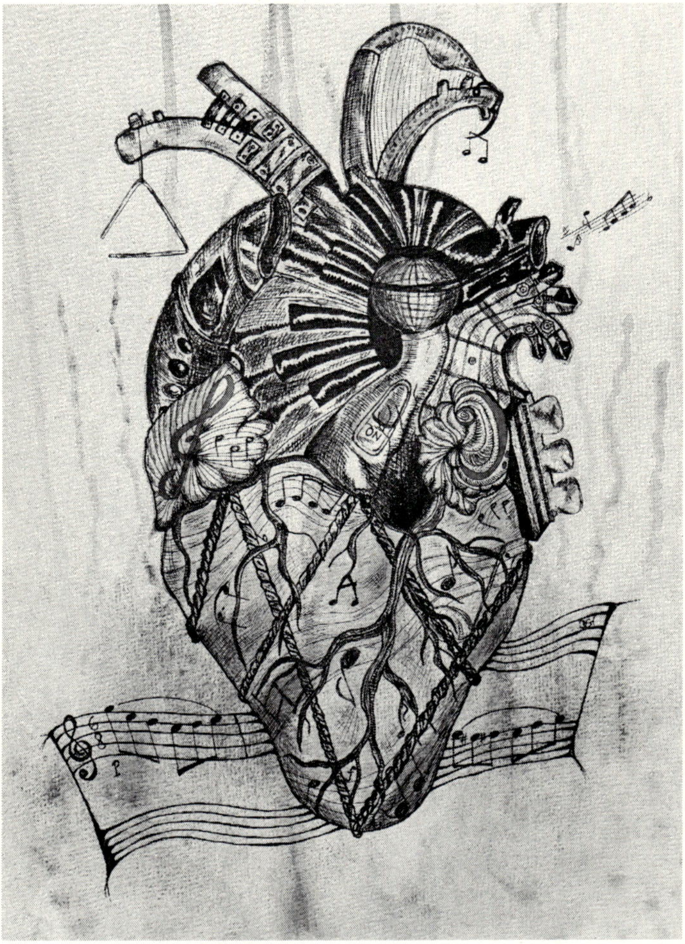
ON

Lebenslied

Ich sehe dich tanzen und bin fast erschrocken,
wie du dich fieberhaft drehst zur Musik geschwind.
Wie kann das sein? Gestern warst du noch ein Kind!
Gerade geboren,
schon suchst du dein Leben alleine zu rocken.

Die Tage haben nun häufig den Gleichklang verloren.
Du stimmst sie neu ein, spielst namenlose Weisen,
mit brachial lauten Tönen oder ganz schüchternen leisen.
Noch kann ich nicht hören,
welches Lied du dir hast erkoren.

So viele Saiten, die unentdeckt schwingen in dir.
Ein Orchester sie bilden, das sich muss erst finden,
bis Klangvolles wird einst deinen Lebensweg umwinden.
Die Auswahl der Stücke
beginnt heute und hier.

Es scheint dir nicht leicht, die Instrumente zu spielen,
dabei gleichsam zu planen, ein Konzert aufzustellen.
Die Ideen für die Setlist brechen sich in wirren Wellen.
Sie formen sich zu deiner Melodie
inmitten von vielen.

Noch während du probst, werde ich gern verweilen,
ich spitz' dir den Stift, bringe Klänge dir mit.
Du wirst sehen, es ist nur ein winziger Schritt,
bis die Komposition sich schreibt
auf deinen Zeilen.

Lebenslinien oder: Dein achtzigjähriges Gesicht

Der Lebensweg verästelt sich im Laufe der Jahrzehnte.
Ein Bächlein erst, das unbedarft entspringt und wirbelt,
bricht sich bald Bahn, verlässt mit Mut das Kieselbett,
in dem es sich einst heimisch wähnte.
Die Wasser fließen strudelnd nun,
das Leben wild in ihnen zirkelt.
Von Schalk und Lachen sprudeln sie,
von Tränen und auch Leid.
Erinnerung bald bettet all diese Vergangenheit
in weich verzerrt' traumtrunk'ne Kissen.
Gelebte Tage hinter dir, sie liegen fern, sind weit
und manch ein Schmerz gewandelt wird
in nebeltrübes Wissen.
Seh' ich dich an,
erblicke ich in deinen altersweisen Zügen ein Netz,
das fein gezeichnet wirkt,
ein Bild es formt vom Guten und vom Wüten.
Die tiefen Linien künden stumm
vom Glück und Ernst der Jahre,
denn rückblickend war nichts umsonst,
wirfst du es in die Waage.

Liebeszauber

Ein Trank voll Verlangen,
für den, der gegangen,
den will ich mir brauen,
ihm beim Trinken zuschauen.
Was käme hinein,
in den zu süßen Wein?
Eine bittere Träne,
weil ich mich so sehne.
Eine Spitze vom Haar,
es ihm werde sonderbar.
Ein heißer Hauch,
damit kribble sein Bauch.
Flatternde Küsse,
und manch and're Genüsse.
Gute Gedanken,
bringen ihn dann ins Wanken.
Flüsternde Worte,
entführ'n an ferne Orte
voll Zauber und List.
ob er bald mein wieder ist?

Lied

Es sandte einst der Wind ein Raunen durch den Wald.
Ein seltsam abgeknickter Zweig gab an den leisen Takt.
Hör hin, dann merkst auch du, ein Lied entsteht hier bald.
Etwas durchs Unterholz hin zog, ein Ast hat laut geknackt.

Das Dickicht summte knisternd in tausend Sprachen gar.
Schon das Licht still niederfiel und Sternensilber wich.
Tautropfen erklangen hell und schellten glockenklar
in einer fremden Weise, die zärtlich um mich strich.

Der Hain sang von der Sehnsucht und dem Nichtsollensein.
Düst're Blätterrauschen erweckte Traum und Schlummer.
In schmerzhaft kühlen Schlafe sich dann verflocht ganz fein
ein hoffender Gedanke, zu lindern meinen Kummer.

Märchenwald

An manch einem Tag
regiert im Hain die Nebelfee
Im schimmernden Gewand
umschmeichelt sie den See
Sie schaut in den Wassern
nach ihrem Antlitz
Sieht ihre Magie
und fragt verschmitzt
Wer wohl heute sei
die Schönste im Land
Sie schmückt sich gern
mit dem wertvollsten Tand
aus Perlen
gereiht auf gesponnener Seide
Taucht in sanftes Licht
die morgenstille Weite
Bestickt ihre Kleider
mit schillerndem Kristall
Entlockt klare Diamanten
gar dem Wasserfall

Sie tanzt unterm Schleier
voller Bedacht
Setzt ihre Schritte
anmutig und sacht
Ihr dichtes Haar wallt
in leisen Wellen
Während sie spielt ein Lied
auf gläsernen Schellen
Wunderbar einsam
erscheint die Welt
In weicher Zeichnung
schlummert das Feld
Langsam entschwindet
die Schöne bald
Überlässt der nahenden Schwester
dann den Wald
Die ihre Wasserwelt überzieht
mit goldenem Glühen
Und sich funkelnd bedankt
für der Zauberin Mühen

Meer an Land

Azurfarben wogt mannshoch der Wegesrand,
als irdenes Abbild des Himmels, der von oben wärmt.
Einen Pfahl inmitten der Wellen ein Wächter fand,
achtsam er harrt, dass das Kleinvolk ausschwärmt.

Es tanzt flattrig die Gischt in rot und in weiß
inmitten des tiefgrün wiegenden Meeres.

So menschenleer ist die Welt noch – ganz leis'.

Ich verweile ein Stück, genieße und staune,
lausche den Vögeln und des Windes Geraune.

Bar solcher Momente wäre das Leben ein leeres.

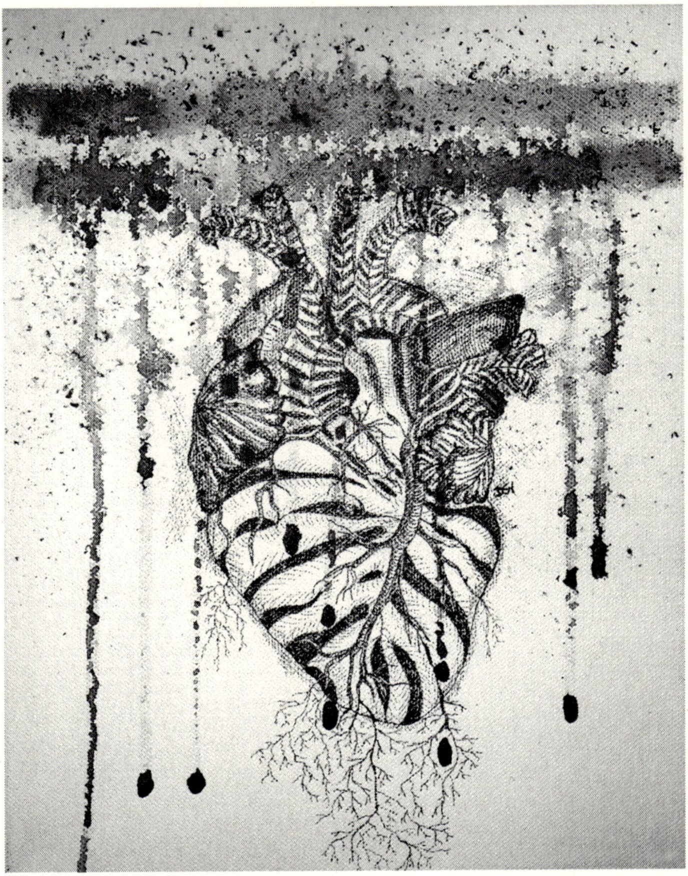

Nachts

Entlang unserer Galaxien,
in der ein jeder sich bei Tage
in seiner Nacht zu verstecken sucht
und fast schon überrascht scheint,
wenn sich die Lebenslinien in der Tiefe
dennoch zu kreuzen versuchen,
geradezu,
um der Sehnsucht Ausdruck zu verleihen,
sich ganz am Ende
doch nicht allein zu verlieren …

Nachtschauer

Ein leises Klopfen in der Nacht
führt dich ins Diesseits zurück ganz sacht
und drängt dich ab vom leicht geträumten Weg.
Kurz verharrst du schwankend auf der Zwischenwelten' Steg,
bevor dir erkennend die Idee erscheint,
es ist der Himmel, der schimmernd-klingende Tränen weint.
Glasklar sie perlen entlang der späten Stunden,
haben längst den Pfad zu deinem Fenster gefunden.
Wie Gedanken suchen sie den Wolken zu entflieh'n,
zerrinnen am Glase zu verzweigten Bächen und Seen.
Entlang ihrer verwunsch'nen Melodien kannst du still zieh'n
und bald schon abermals ins geträumte Land hin geh'n.

Querulanten

Mein Herz und mein Kopf
steh'n sich mal wieder
opportun streitend
und feindselig gegenüber.
Ein Ziehen und Zerren,
Zanken und Zaudern,
der Zwist lässt mich frösteln
und argwöhnisch schaudern.
Es hadert das Herz,
zeigt sich furchtsam und mutlos,
der Kopf dagegen
legt die Hände nie in den Schoß.
Ideen werden erklärt,
gedreht und gewendet,
dabei keine Sekunde
gedankenlos verschwendet.
Die Streithähne sind wirklich
ganz ohne Maß
und rauben mir nachts
laut raufend den Schlaf.
Regen sich in der Brust
Bedenken und Sorgen,
schreit das Hirn:
»Ich beweis' es dir morgen!«
Schenkt mir das Leben Grund,
mich zu freuen,
brummt oben die Ahnung
von baldigem Bereuen.

Gefühle säen Zweifel
in schier irren Bahnen,
der Verstand verabscheut
dieser Unkräuter' Samen.
Was soll ich nur tun,
kann den Streit nie schlichten,
will mich nicht entscheiden,
kann auch nicht richten.
Ich höre dann weg,
will die Zwietracht ausblenden,
möchte gern Frieden,
ohne Vernunft zu verschwenden.
Meist folg' ich dem Herzen,
blende aus mit Geschick,
der Lohn sind dann Schmerzen,
aber manchmal auch Glück.

Rätsel

Es ist nicht viel, was ich hier suche,
doch manchmal ist's die ganze Welt.
Du findest es in jedem Buche,
heut' es entzweit, morgen zusammenhält.
Erscheint es dir jetzt wunderbar,
erfreulich hübsch und voller Licht,
ist's bald schon nicht mehr glockenklar,
sondern trägt Bedeutung und Gewicht.
Es dient dem Menschen oft als Waffe,
wenn hart es schlägt und voller Hass.
Mit Nachdruck es Tatsachen schaffe,
die Wangen werden tränennass.
Des Nachts ist es dann still und leise
oder verführt in wilder Gier.
Es dich verzaubert auf zarte Weise,
dass du vergisst das Jetzt und Hier.
Gemeißelt wird es in den Stein,
schwebt durch die Luft, ist rasch verklungen.
Es kündet von der Menschheit Sein,
wird geschrien, gehaucht, gesungen.
Gefährlich ist's, mutig gar, auch ungelenk,
es Frieden bringt und Streit entfacht.
Du nutzt es täglich, drum bedenk'
bedächtig seine Kraft und Macht.

Reflexion

So manch ein Blick in deine Augen
wirft mir zurück ein Spiegelbild,
das schonungslos, ich kann's kaum glauben,
ein DU mir zeigt, das mir sonst gilt.

Es scheint fast so, als ob wir teilen
den ein und anderen Dämon,
der spottend quält, will er verweilen.
Wir bieten Raum; er kreischt vor Hohn.

Hart ins Gericht du gehst mir dir,
wenn nicht gelingt, was du erzwingst.
Ich weiß genau, es ist die Gier
nach Perfektion, um die du ringst.

Zur Ungehaltenheit du neigst,
wenn deine Kraft ist dir nicht willig.
Vermutlich rufst du nun: »Besser, du schweigst!«
Doch nein, mein Freund, dies wär' zu billig.

Zu schreiben diese Zeilen hier,
ist für mich ganz ähnlich grausam,
zeigst du mir, was ich kaum erspür',
seh'n andere mich im gleichen Wahn.

Reiseroute

Die wenigsten Pfade im Leben
gehen wir planvoll entlang.

Meist teilt sich das Dickicht
ganz unverhofft
oder wir folgen
gedankenverloren
dem falschen Gesang …

9
3

SCHERBEN

Scherben bringen Glück?
Rück' mal ein Stück
und dann erklär' mir bitte,
wie es kam zu dieser Sitte,
aufzusagen diesen Spruch,
der, wann immer etwas geht zu Bruch,
verharmlost, umkehrt, sinnentstellt.
Nach Perfektion strebt uns're Welt.
Ein Scheitern niemandem gefällt.
Wie kann es sein,
dass ein Zerschlagen klein in klein
noch frohe Aussicht bringt
und kein Bedauern darin schwingt?
Das Kitten oft recht mühsam ist,
wenn Unglück an der Seele frisst.
Sei dir gewiss, ich spreche hier
nicht von zerschnittenem Papier,
das einfach nur erneut geklebt,
Bild und Wort dürftig verwebt.
Auch ist es nicht das Porzellan,
das scheppernd klirrt im kurzen Wahn.
Vielmehr zerspringt manchmal im Nu
ganz unverhofft ein Ich und Du.
Hab' wohl das Wir nicht fallen sehen
und find' mich nun in Splittern stehen,
die schmerzend mir die Haut zerstechen
und meinen Gang jäh unterbrechen.

Mein Blick ist kummervoll entrückt,
betracht' ich mein Leben, das so zerpflückt
mir verwehrt des Sprichworts Zuversicht.
In Finsternis, statt hellem Licht
ist es wohl nun an mir zu sorgen
für einen Weg ins neue Morgen
ganz ohne dich, mit Riss im Herzen,
in Traurigkeit und unter Schmerzen.
Von Heilung kann man niemals sprechen,
Erinnerung wird sich sonst rächen.
So gilt es nur, nach vorn zu schauen,
die Qual zu lindern, neue Wege bauen,
die Trümmer gründlich zu sortieren,
die guten Stückchen reparieren,
die schlechten sorgsam auszumisten,
ehe sie faulig in mir ihr Dasein fristen.
Links und rechts des Pfads voraus
such' ich mir and're Puzzleteile aus,
die ich dann füge in mein Mosaik,
das wieder aufleuchtet Stück für Stück.
Vielleicht ist's das, was ist gemeint?
Dass man lacht und manchmal weint?
Der Schritt nach vorn und nicht zurück
scheint der Schlüssel zu ein wenig Glück.

Schlaf

Weiche Träume hüllen mich
in nächtlichen Samt,
der Tag derweil verwischt,
wie Spuren im Sand.
Hauchzart und leicht
entschlüpft die Welt geschwind,
fliegt in die Nacht wie Federn
schwebend im Wind.
Ganz langsam driftet hinweg
die späte Stunde,
ein Papierboot getragen
von den Wellen einer jeden Sekunde.
Es gaukelt die Zeit
Melancholie in den Sinn,
weil ich im tiefen Schlaf
gar schutzlos bin.
So hoffe ich des Abends
inniglich stets,
dass sanft das Bild,
das kommt des Wegs.
Die Schergen der Finsternis
sollen mich nicht jagen,
voller Angst ich bin,
dass sie es dennoch wagen.

Sehn' mich indes,
zu sehen dein geliebtes Gesicht,
es soll mir erhellen die Schatten
mit wärmendem Licht.
Mit dir an meiner Seite,
ob fern oder nah,
lautlos entgleiten die drohenden Schemen,
die ich sah.
Bald entfacht die Sonne
den glühenden Morgen,
verwischt das Dunkel
und verscheucht alle Sorgen.

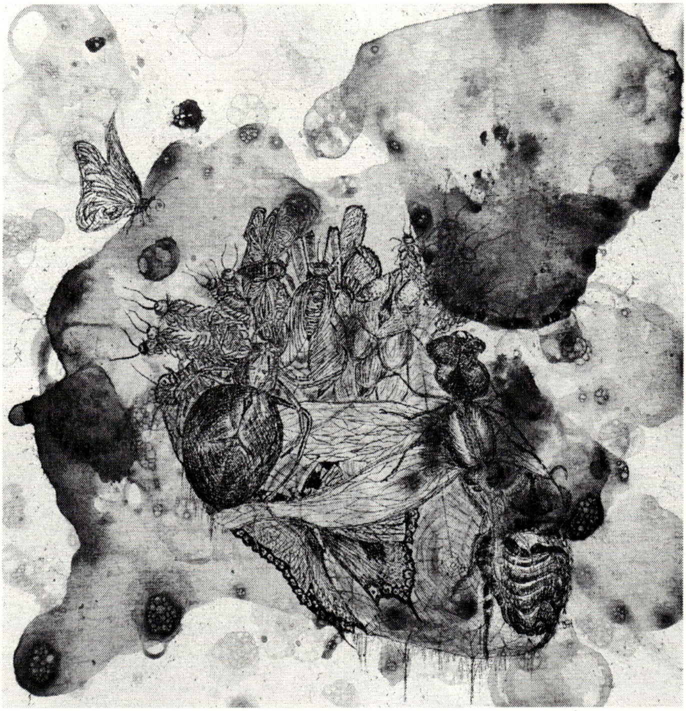

Schlaflied

Sie lärmen wie Geschosse,
ohne Sinn und Verstand,
an Frühsommerabenden
gegen Fenster und Wand.
Gleich einem Trommelfeuer
lassen sie uns glauben,
es wären Ungeheuer,
die einem die Träume rauben.

Schlaf nun mein Kind,
hab keine Angst.
Schließe die Augen,
auch wenn du noch bangst.
Es sind nur Käfer, die meinen,
sie könnten mit bloßer Gewalt
die Scheiben durchbrechen,
kennen sie doch keinen Halt.

Wären es Menschen,
müsstest du dich wohl sorgen,
doch laufen diese gegen Mauern
im Stillen verborgen.

SCHUTZENGEL

Schwer gezeichnet, harrtest du aus,
obwohl längst alles verloren schien.
Hast der Zeit abgetrotzt Monat um Monat,
mit Würde ertragen, was unerträglich war.
Ohne Vertrauen in ein unsicheres Danach
wolltest du dich versichern,
dass dein Gehen ein Weiterhin ist
und die Liebe fortbesteht.

Sommernachtszauber

Heute Abend, ganz verträumt
ist der Gartenweg gesäumt
von kleinen Lichten
aus alten Geschichten
die tanzend schweben
dabei Netze aus Träumen weben
Willst du sie berühren
kannst du bald spüren
dass nichts ist, wie es scheint
Sind sie erst mit der Hand vereint
erlischt das Flämmchen alsbald
so dir werde schaurig und kalt
Komm, lass sie nur fliegen
statt Magie durch Neugier zu besiegen

DSH

Sonnenaufgang bei –15 Grad

In sanft lodernndes Feuer
getaucht,

eisig und
schlafend,

träumen die Bäume
dem Frühjahr entgegen.

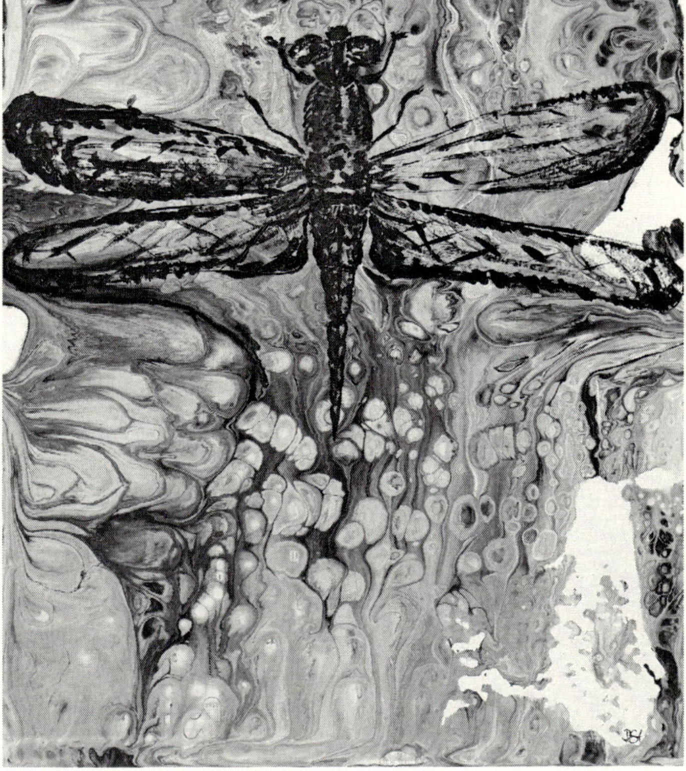

Sprachlos

Verfluchte Stille!
Ich will sie zerreißen!
Ich schreie dich an. Ich schüttele dich,
lege zu Füßen dir mein Herz.
Doch scheint es,
ich werde mir an dir die Zähne ausbeißen,
du siehst Trugbilder bloß,
wo ich verspüre elenden Schmerz.

Ich schreibe es auf,
sag's nicht nur dahin,
male in Farben,
schwärzer als schwarz noch.
Du aber findest das Unser
gar nicht so schlimm
und stößt mich damit
viel tiefer ins Loch.

So viele mir sagen,
ich spräche in Bildern,
wieso erkennst du nicht,
was darauf skizziert?
Wie soll ich dir
mein Empfinden denn filtern,
wenn dich der Gefühle Gewalt
kaum irritiert?

Spurensuche

Ich kann den Sommer nicht finden,
er verharrt in seinem Versteck.
Ging hinter Hecken und Linden,
vergebens, war im falschen Eck.

Wind streift kühl übers weite Land,
Zeit verrinnt im eisigen Sand.
Frost zieht auf mit trostloser Pein,
ach, wird noch lange Winter sein?

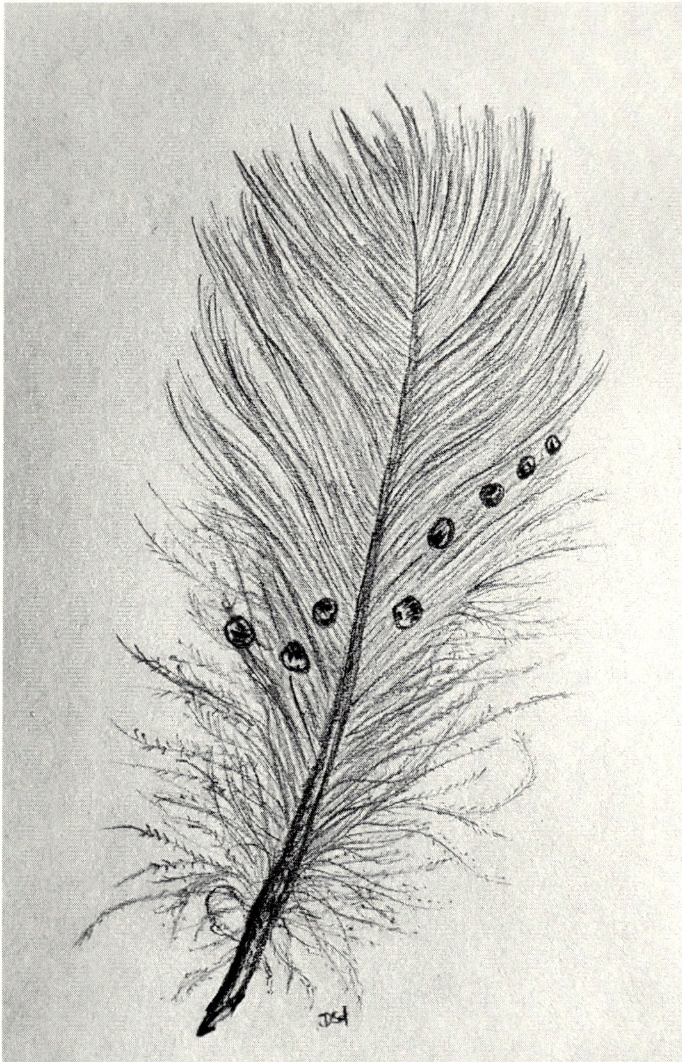

Sterne pflücken

In Erinnerungen weiden,
manch' Erlebtes oft geträumt.
Dunkle Ecken willst du meiden,
sind die Wege nicht geräumt?
Schon die Tage sich lang dehnen
über Jahrestäler, gar Dekadenberge hin.
Du solltest dich längst sicher wähnen,
wo bliebe sonst der Sinn?
Häufig driftest du im Hellen,
pflückst Gefühle Sternen gleich.
Meidest die verronnenen Wellen,
zeichnest dir die Wasser weich.
Vielfach ändern sich die Farben,
je nach Leuchtkraft dort im Stillen.
Dunkle Fäden ewig deiner warben,
beug dich schließlich ihrem Willen!
Und des Nachts zwischen den Stunden,
nimmst du dir den großen Pinsel,
wirst dir lecken deine Wunden
und findest Mut unterm Gewinsel.
Streichst dann an die Schattenreste,
kolorierst sie neu mit Fleiß,
wandelst Böses um in Feste
und hellst auf dein Sein mit Weiß.

Sternschnuppen

Eine Nacht,
so tiefblau und samtig wie ein stilles Meer,
spannt sich im weiten Bogen
entlang unserer Blicke.
Staunend durchstreifen wir
diesen fernsten aller Orte
und fragen uns,
wer lenkt wohl unsere Geschicke?

Das Auge wandert
über des Himmels endlose Weiten,
einen flüchtigen Wimpernschlag bloß
misst jeder Schritt
Wir nehmen uns Zeit,
halten inne im Sternenstaublicht,
dichten uns Bilder,
es schleicht leis' silbrige Sehnsucht mit.

Gebannt verfolgen wir
rasch aufleuchtende Feuer,
die eilig verglüh'n
im unendlich wallenden Tintensee.
Das Glück, sie zu sehen,
verführt uns zu lautlosen Wünschen,
die, heimlich gewispert,
soll'n vertreiben manch' Leid oder Weh.

DSH

Strassenlaternen

Plötzlich

ein dunkler Morgenblitz

und doch
für eine kurze Zeit

rotglühend

der ohnmächtige Versuch
den Tag zu erhellen

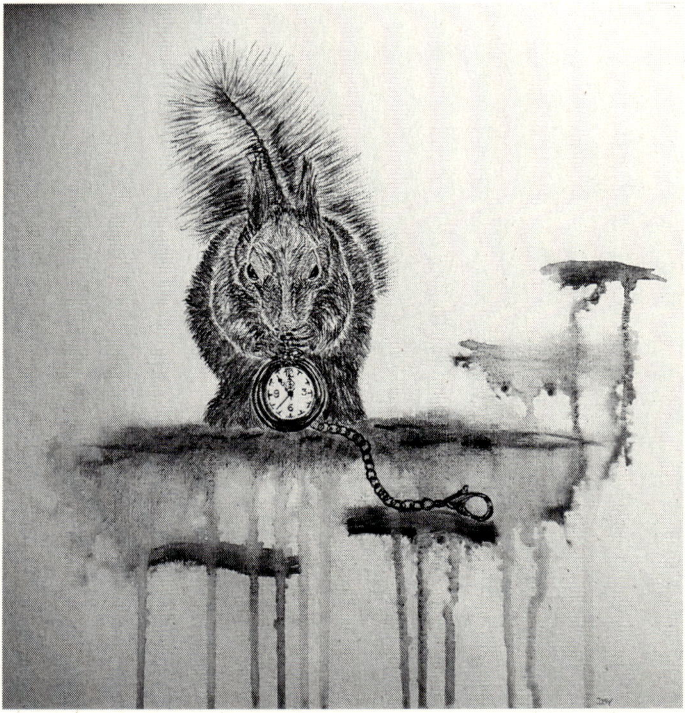

Tretmühle

So stolpere ich wieder durch den Nebel der Tage,
gehetzt, fremdgesteuert, in ganz engen Bahnen.
Warum lerne ich nicht, bin endlich besser gefeit?
Ich wehe oft hilflos, wie im Winde die Fahnen.

Es ziehen am Himmel schwer lastende Wolken dahin.
Sie wecken meinen Blick, schaue ich aus dem Fenster.
Die azurblaue Weite darüber kommt mir in den Sinn.
Ach, wär'n alle Pflichten für 'nen Moment nur Gespenster!

Ich wünschte, ich hätte viel häufiger den Mut,
zu tun, was ich möchte und lassen, was ich hasse.
Doch ist es so schwer, zu erkennen in der Flut,
den einen Moment, der's erlaubt, dass ich loslasse.

Triumph (Hart erkämpft)

Es ist nicht wichtig, jeden Gipfel zu erreichen,
den man versucht, zu erklimmen.
Man scheitert einzig,
beginnt man gar nicht erst zu klettern.

Auch ist es nicht von Bedeutung,
wirklich fliegen zu können wie ein Vogel,
solange man sich nur redlich bemüht,
ein einziges Mal hinter den fernen Horizont zu blicken.

Erreicht man auch nicht immer jedes Ziel,
hat man dennoch einen größeren Weg zurückgelegt,
als wäre man niemals losgegangen.

Schiffbruch zu erleiden,
ist nicht zwangsläufig der Untergang,
sondern oft sogar der siegbringende Neubeginn.

Überliefert

Ein Körbchen quoll über von blassblauen Blüten,
dem Weidengeflecht enttropfte ein innig' Begehr,
nach Regen, Leuchten und donnerndem Wüten,
die Elemente zu beschwören nach uralter Mär.

Überliefert durch Flüstern im Heimlichen nur,
die Ahnung von Wissen im Finstern sich schützt.
Der Suchende wandelt auf unwegsam schattiger Flur.
Allein der Wunsch, Wahrheit zu finden, keineswegs nützt.

Ganz still überdauert seit ewigen Tagen manch' Lehre
vom bedrohlichen Spiel aus Magie, Vision und Natur.
Vielschichtig verwoben in Sehnsucht und Traum sich mehre
ein ungezügelt' Verlangen nach der rechten Spur.

Sammle die Wurzeln, reiße das Kraut, schneide die Blüte
zur einzigen Stunde, vermenge und warte, gedulde dich
glaube beharrlich an Illusion, Kraft und Güte
des beschworenen Zaubers, der als Seufzer entwich.

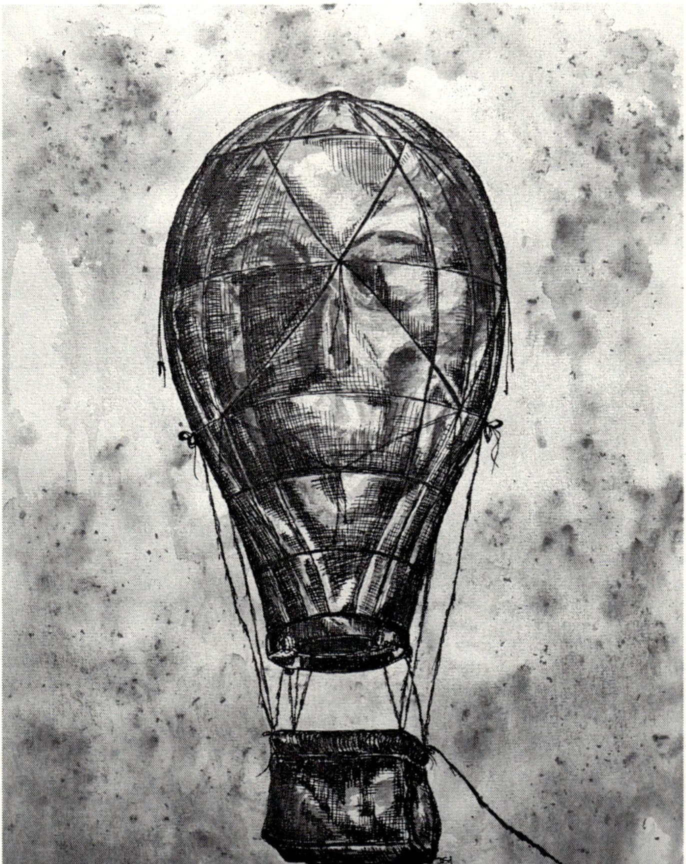

Unterwegs

Auf dieser Zeile hier,
da steh'n sie geschrieben,
aufrecht marschierend,
von Vernunft nur getrieben –
die Pflicht und der Wille,
die Logik, das Sollen.
Von Erwartung begleitet,
sie enge Gleise entlangrollen.
Ein behäbiger Zug,
der doch in voller Fahrt,
führerlos gleitend
die Nacht um sich schart.
Im Mantel des Dunklen
rauscht er rasch dahin,
scheut sich, hier zu rasten,
reckt trotzig das Kinn.
Ein Halt wär' Verhängnis,
würde er offenbaren,
dass Reisende fehlen,
die nicht erwünscht waren.

Am Bahnsteig sie kauern,
der Trittbrette harren,
voll Hoffnung sie warten,
ins Finstre sie starren.
Es sitzen auf Koffern
das Gefühl und das Herz,
die Sehnsucht und Liebe,
dicht bei ihnen der Schmerz.
Die Wahrheit, längst schlafend
auf des Bahnhofes Bank,
träumt traurig von Wärme
und ist ob der Kälte längst krank.

Verabredung

Ich hab' den Traum,
bringst du die Schwingen mit?
Alleine wag' ich es wohl kaum,
komm, mach du den ersten Schritt.

Ich möchte gern fliegen,
siehst du nicht, der Plan ist gut!
Hab' immer schon ihn hier liegen,
mit dir zusammen fass' ich Mut.

Wer hat mir die Flügel einst gestutzt?
Sie sind so schwer und ungelenk …
Ach was, sie sind nur ungenutzt!
Waren viel zu lang eng eingezwängt.

Verfluchter Segen

Ganz blass gewitterte mein Sein in allen Farben,
mein Herz raste in froher Traurigkeit dröhnend leise.
Goldener Regen peitschte, ließ mich darben,
färbte nachtschwarz mich auf morgenhelle Weise.

Es war der Tag, an dem das Schicksal hocherfreut
voll Bitternis warf mich so sanft an dein Land.
Seither ich jubelnd weinend hab' bereut,
was nie wird sein und doch stattfand.

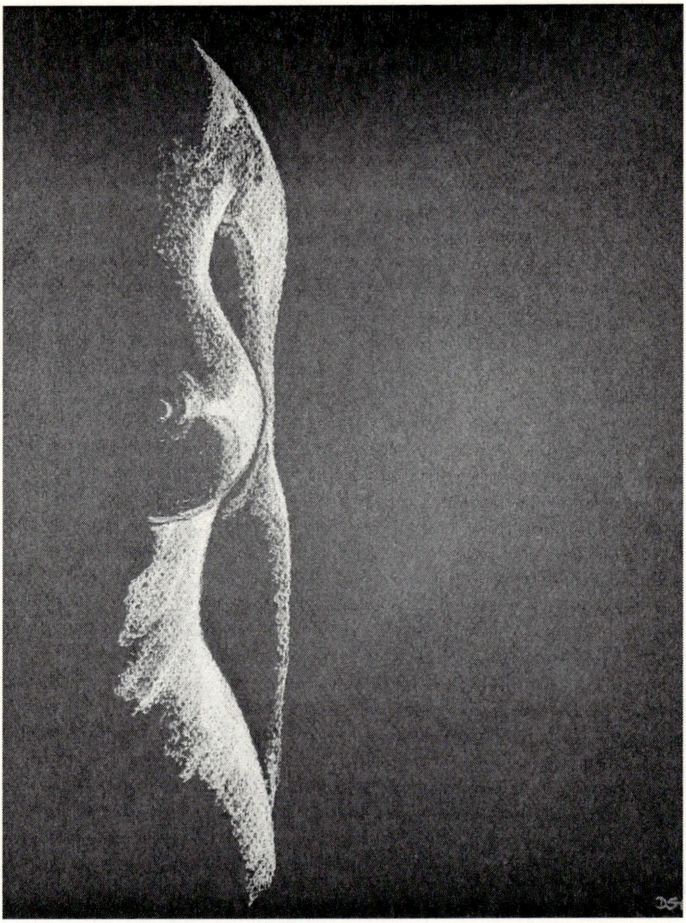

Vergebens

Unterm Apfelbaum im Garten
wagte ich zu hoffen kaum.
Lohnt es sich, auf dich zu warten
oder bleibt's ein kühner Traum?

Dort, wo Licht und Schatten wehen
unterm Blätterdach im Wind,
möcht ich so gern dein Antlitz sehen
und dann küsst' ich dich geschwind.

Schon weilen die Nächte länger,
die Sonne weicht den Frösten bald.
Um die Brust das Band wird enger,
es bleiben meine Lippen kalt.

Was ich Dir wünsche und was ich Dir sende

Ich schicke Dir heute Wohlwollen,
für Dich daraus zu schöpfen,
begegnete Dir keine Gunst.

Hinzu gebe ich ein Übermaß an Herzenswärme,
damit Du nicht erfrierst,
schlüge Kälte Dir entgegen.

Mögen Deine Sinne aufs Äußerste geschärft sein,
um den rechten Weg zu finden und glasklar zu sehen,
statt im Nebel zu irren.

Und ich wünsche Dir ein großes Herz,
dass es Dir erlaubt, großzügig über die Schwächen
Deiner Mitmenschen hinwegzusehen.

Auch erbitte ich Nachsicht mit Dir selbst,
gelingt etwas nicht, wie Du es Dir ersehnst.
Glaube an Dich und verliere Dich nicht.

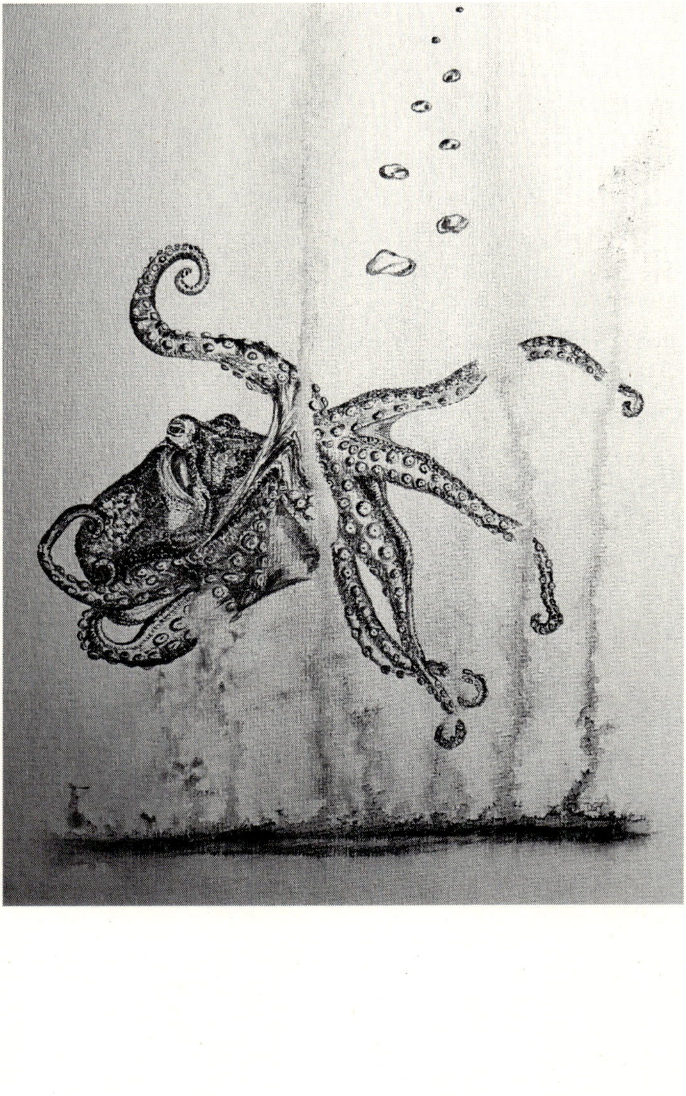

Wasserwelten

Stumm tanzend kämmt ein Schwarm
grünes Feenhaar,
das den Boden bedeckt,
als läge die Schöne schlafend da
und träumte von einer Welt,
die einst wohl gewesen war.

Mancherorts sich ein Juwel versteckt.
Ein Schatz von Muschelglanz
schlummert im Sande
für immer unentdeckt.

Seidene Bänder wiegen einander im Wind,
der in der Tiefe sich
zu kräuselnden Wellen aufschwingt.
Smaragde schweben als lichte Gestalten
und legen des Teiches Spiegel
alsbald in adrett kleine Falten.

Am Ufer spannt sich morgens
ein farbreicher Bogen,
der verschenkt seine Farben
an die zart knisternden Wogen.

Weckruf

Es treiben zuweilen des Lebens Zwänge
die Einzelnen in gar furchtbare Enge.
Sie dann versuchen mit erpichter Strenge,
nicht anzuecken im grauen Gedränge.

Das Leben verrinnt unaufhaltsam geschwind,
lern' wieder zu lachen, wie dereinst als Kind,
lauf' doch mit ausgestreckten Armen im Wind,
reiß' die anderen mit, die so müde sind.

Durch den Regen mit nackten Füßen springe,
mach' mal wieder völlig verrückte Dinge!
Juchze, juble, dreh' dich im Kreis und singe,
lass' dir nicht anlegen eiserne Ringe.

Wolkenschloss

Aus Silberfäden
kann ich dir Geschichten weben,
Gedanken und Ideen
bringe ich zum Schweben.
Ich zeige dir lichte Gespinste
in verwinkelten Räumen
und lade dich ein,
mit mir dort den Tag zu verträumen.
Erzähl mir ein Märchen,
wir kommen darin vor.
Du wirst schon sehen!
Sei nicht so ein Tor,
der die Augen verschließt
und nur erfüllt seine Pflicht.
Höre mir zu,
meine Weise eröffnet dir eine neue Sicht.
Nimm meine Hand
und geh' mit mir ein Stück.
Am Wegesrand versteckte ich
Kleinigkeiten und Glück.
Du musst sie nur finden,
komm, ich helf' dir Entdecken.
Lass dich hier fallen,
nichts soll dich heute erschrecken.

Das Haus einer Schnecke,
das stecke ich ein.
Werd's heimlich dir schenken,
gehst du später heim
zu deinen Terminen
und trögen Berichten.
Wirst du dereinst
dann den Inhalt deiner Taschen sichten,
zeichnet dir dein Fund im Schnirkelrund
ein Bild vor Augen
vom heutigen Abend
und dann wirst du mir glauben,
dass dieses mondgewirkte Geflecht
unserer Nacht
dich immer und immer wieder
glückselig macht.
Du wirst ihn drehen und wenden
in deinen Händen,
dich zurücklehnen
und genüsslich den Moment verschwenden.
Erinnere dich,
wie uns der Himmel aus dunklem Samt umfloss
und wir füreinander eroberten
ein verzaubertes Wolkenschloss.
Doch, doch, besinn' dich.
Es ist wahr!
… und vielleicht
küsse ich dich beim nächsten Mal sogar.

Zwischen den Zeiten

Des Morgens erklimmt
die Sonne mit feuriger Hand
die Dächer der Stadt,
die still ruh'n in schwarz glänzendem Samt.
Wie ein Dieb fast stiehlt sie sich voran,
an den Giebeln sie leckt
der Park indes noch
seine finsteren Zähne in den Büschen bleckt.

Mit züngelndem Fieber
entflammt sie die Kronen der Bäume,
weckt kitzelnd die Amsel,
dass ihr frühes Lied die Straßen säume.
Der Nacht
frostigkalt schimmernde Hülle
entweicht regenbuntem Tau
in goldglänzender Fülle.

Die Schatten entrinnen
als Wächter des Dunkeln,
der Fluss hebt sein Antlitz
und taucht ein in das Funkeln.
Für einen Augenblick
hält alles kurz inne in Stille,
dann bricht der Tag an
mit brachialem Gebrülle.

Zwischen Lachen und Weinen

Der Grat zwischen
Freude und Verzweiflung ist
derweilen ein solch fragiler Hauch,
dass schon ein tiefer Atemzug
über Gedeih und Verderb richtet,
ohne dass je Zeit bliebe,
zu erkennen,
ob man geradewegs
in den tiefschwarzen See
des Leids stürzt
oder einem nicht ganz wahrhaftigen,
aber dafür überragendem Gewölk
herzzerreißender Glückseligkeit
entgegentaumelt

INHALT

Dana Schwarz-Haderek wurde 1977 in Greiz / Thüringen geboren. Nach dem Abitur absolvierte sie eine Ausbildung zur Bankkauffrau und studierte anschließend Wirtschaftspädagogik und Anglistik / Amerikanistik in Jena. Nach Stationen in Leipzig und Warschau lebt sie derzeit mit ihrer Familie in Jena, wo sie einerseits als Lehrerin für BWL und Englisch an einer Berufsschule arbeitet und andererseits als schreibende und malende Künstlerin freischaffend tätig ist.

WORT UND BILD
www.danaschwarzhaderek.com

adakia Verlag UG (haftungsbeschränkt)
Richard-Wagner-Platz 1, 04109 Leipzig
www.adakia-verlag.de

Bibliographische Information der Deutschen Bibliothek:
Die Deutsche Bibliothek verzeichnet diese Publikation in der Deutschen Nationalbibliographie; detaillierte Daten sind im Internet über die Homepage http://www.dnb.de abrufbar.

Gesamtherstellung: adakia Verlag, Leipzig
Layout und Satz: Jeanette Frieberg, Buchgestaltung | Mediendesign, Leipzig
Cover: Susan Ullrich unter Verwendung des Bildes »UHRWERK« der Autorin
Vertonung: Aufnahmen im ESOX Tonstudio durch Toningenieur Eric Fish, www.ericfish.de
Foto der Autorin: Dr. Claus Rose, www.clausrose.de

1. Auflage, April 2020
ISBN 978-3-941935-73-0